淫らなクルーズ

霧原一輝

JN031386

双葉文庫

目次

淫らなクルーズ

第一章　美人課長の特訓プレイ

1

ランチ時、オフィスにひとり残された木村鉄平《きむらてっぺい》が営業報告書を作っていると、コツコツと床を叩くヒールの音が近づいてきた。

山科玲奈《やましなれいな》だった。

かるくウエーブした髪が、優美でありながら毅然《きぜん》とした佇《たたず》まいを際立《きわだ》たせている。三十五歳で、スレンダーだが出るべきところは出ていて、この抜群のプロポーションは、社員のなかでも抜きん出ている。

山科課長が隣のデスクの回転椅子に腰をおろして、足を組んだ。

タイトスカートからこぼれた、むっちりとした太腿《ふともも》の交差する魅惑のゾーンは、もう少しで下着が見えそうで何とも悩ましい。もとより、課長のパンティは、恋人しか見られない難攻不落の砦だと、もっぱらの噂が立っている。

玲奈が珍しく仕事以外で、声をかけてきた。

「明後日からのお盆休みだけど、きみ、何か予定入ってる?」

魅惑的なアーモンド形の目で見つめられて、

「よ、予定ですか?」

鉄平はドギマギして聞きかえす。いつも、山科課長と接するときは、胸の震えが止まらない。

「そう。きみは実家から通っているんだから、他の社員のようにお盆に帰郷する必要はないわけでしょ?」

言いながら、玲奈が明らかに意識的にウエーブヘアをかきあげた。その艶《なま》めかしい仕種《しぐさ》にドキドキしながら、鉄平は答える。

「はい、そうですが」

木村鉄平は現在二十四歳。昨年、飲料メーカーSに入社して、今は山科課長の下で、営業マンとして研鑽《けんさん》の日々を送っている。東京出身で、今も親の家に住んでいる。

しかし、鉄平が尊敬し、慕っている課長が、なぜ自分ごときのお盆休みの予定を訊《き》いてくるのか——。

「何か外せない予定はあるの？」

玲奈は足首を曲げて、黒いハイヒールの先をきゅっと持ちあげる。

「……ええと、外せない予定は、これといってありません」

鉄平は爪先《つまさき》で股間を擦《こす》られるような錯覚に陥《おちい》りつつも、素直に事実を述べる。

それを聞いた玲奈の表情がパッと輝いた。

「やっぱりね。思ったとおりだった。それなら、きみに決めるわ」

「な、何のことでしょうか？」

「船旅のお供よ……」

にっこりして、玲奈が足を組み換えた。ハイヒールの先が大きな弧を描いて太腿の上に載り、爪先が鉄平の股間に向かう。

「ふ、船旅って……行くんですか、俺が？」

「そう。これなんだけど……」

玲奈の差し出したパンフレットは、横浜を出て、六日間で西日本の名所をまわるクルーズの概要《がいよう》を記したかなり分厚いものだった。

鹿児島、五島列島、瀬戸内海の鞆《とも》の浦《うら》と寄港地が記してあり、それぞれにオプショナルツアーがついている。オーシャン・ヴィーナス号という、大型クルーズ客船での旅だ。

「この連休に彼氏と行くはずだったんだけど、一昨日、バイクで転んで足首を骨折したのよ。ほんと、マンガみたいでしょ。今は手術が終わって、入院しているところ。で、どうしようか悩んだ末に、代わりに誰かを連れていくことにしたの。いろいろ当たってみたんだけど、お盆はさすがに帰省する人が多いしね。で、閃《ひらめ》いたのよ。きみは東京出身だから、もしかしてって……よかったわ。彼氏の代わりにクルーズのお供につきあってちょうだい」

玲奈が、普通ではあり得ないことをあっさりと口にした。

「いやいやいや、待ってください。いきなりそんなことを言われても……課長ひとりで行かれたらいかがですか……」

憧《あこが》れの女課長から誘われているのだから、降って湧《わ》いたようないい話だ。しかし、あまりにも急すぎて、現実を受け入れられない。

「いろいろとあって、パートナーがいないとダメなのよ。そのへんの事情はおいおい話すわ……とにかく、きみはわたしと同じ船室に泊まる。いやなら、いいのよ。また誰か他の人に当たってみるから。阿部《あべ》くんなんかいいかもしれないわね」

阿部の名前を出されて、鉄平の気分が一転した。嫉妬の火にスイッチが入った。

阿部康人《やすと》は何かと鉄平と比較される同期入社組だが、だいたい何をしても彼のほうが勝《まさ》っているから、ライバル意識とともにコンプレックスを持っていた。さらに最悪なのは、阿部が山科玲奈をひそかに狙っていることだ。

もし玲奈に声をかけられたら、阿部は何を差し置いても付き従うだろう。それだけは絶対に避けたい。

「あいつはダメです。わかりました。俺が行きます。課長のお供をさせてください。お願いします」

鉄平は立ちあがって、頭をさげる。

「ふふっ……いいわ。すべてはそのパンフレットに載っているから。きみはスーツケースを持って、明後日の午後四時に、横浜港の客船ターミナル一階に来てちょうだい。絶対に遅れてはダメよ。わかっているわよね？」

玲奈が髪をかきあげて、鉄平を見据《みす》える。

全体に優美な顔をしているのに、この目力《めぢから》の強さは半端《はんぱ》ではない。

この人に営業をかけられた男の顧客はほぼ百パーセント落ちる。どうしても落ちない男がいて、よく調べたところ、じつは同性愛者だったという逸話《いつわ》がまことしやかに残っている。

「わかりました。一時間前には行きます！」

直立不動で答えると、玲奈がふっと口許をゆるめて立ちあがった。去り際に、いきなり訊いてきた。

「ところで、きみ、童貞じゃないよね？」

「えっ、どういった意味ですか。答えなくてはいけませんか？」

「できればね……童貞なの？」

「……いえ、違います。とはいっても、経験は少ないですけど」

実際はひとりだけである。大学時代にサークルの先輩に遊ばれたのだが、半年ほど経《た》って、向こうに本命の彼氏ができて、すぐさま振られた。

「そう……わかった。大丈夫よ。わたしが鍛《きた》えて育ててあげる。じゃあ、横浜港で。クルーズの準備でわからないことがあったら、訊いてちょうだい」

玲奈がハイヒールの音を立てて、遠ざかっていく。

（どうして、童貞なのかなんて訊いてきたんだ？　鍛えてくれるって、セックスのことだよな……）

ひとり残された鉄平は、股間のものがズボンを突きあげるのを感じて、ふくらみを手で隠した。

2

オーシャン・ヴィーナス号は、午後五時に、和太鼓の盛大な出航セレモニーとともに横浜埠頭《ふとう》を出港した。

全長百八十四メートル、全幅二十五メートル、乗客定員六百三十名の大型クルーズ客船は、日本で造られ、日本の会社が所有している。

全体が白塗りで、十二層ある客船はエントランスホールが吹き抜けの螺旋《らせん》階段になっていて、とても豪華で広々とした造りだった。

五階から十階までが客室になっていて、七階にはメインダイニングやホールがあり五階からの吹き抜けの螺旋階段はここで終わる。周囲にはピアノサロンやバー、ショップなどがある。さらに、十一階にはプールやジャグジー、トレーニングジムといった遊興施設まであるのだ。

鉄平はこんな豪華な客船に乗るのは初めてで、気が引けてしまった。

だが、隣には山科玲奈がいて、何でも教えてくれるから、彼女の存在をとても心強く感じる。

二人の船室は九階で、バルコニー付きの贅沢《ぜいたく》な客室だった。いくら出したら、こんなリッチな部屋に泊まれるのか——事前に調べたら、鉄平の給料の二カ月分でも足りないくらいだった。

ベッドは二つ並んでいて、ここで山科玲奈と五泊できるのかと思うと、胸は躍り、下腹部が期待感でふくらむ。

出港前に感じていた戸惑いや不安が、一気に昂揚感《こうようかん》に変わった。

二人は着替えて、夕食を摂《と》りに七階へとエレベータで降りる。

夕食時のドレスコードはセミフォーマルだった。

鉄平はカジュアルなシャツに夏用のジャケットをはおっている。玲奈はフィットタイプの紺色のロングドレスを着ているのだが、左側にスリットが大きく入っていて、そこからストッキングに包まれた美脚がこぼれている。

船内を玲奈とともに歩くと、周りから視線が一斉に注がれる。

玲奈を賛美しながらも、この若い、軽そうな男はいったい何者だ、どうしてこの程度の男がこれほどの美人と一緒に船旅ができるんだ——などと、鉄平に訝《いぶか》しげな視線を送ってくるようだった。

腹が立った。しかし、すぐに考え方をあらためた。

（まあ、しょうがないよな。俺だってこのような二人を見たら、不審に思うだろうし……）

鉄平は玲奈との不釣り合いを自覚しつつ、海を眺望できるプロムナードを歩いて、メインダイニングに向かった。ここでは、食堂のことをレストランではなくダイニングと呼ぶ。

ダイニングの席はすでに決められていて、二人は大きな丸テーブルの席に案内された。

玲奈がほぼ正面に座っていた壮年の紳士に、鉄平を紹介する。

「こちら、わたしのパートナーをしていただく木村鉄平さん。まだ二十四歳だから、至らないところも多いと思いますが、基本的にいい子なので、どうぞお手柔らかにお願いしますね」

すると、将棋の駒のようにゴツい、タフそうな顔をした紳士が立ちあがって、近づき、

「この会の主宰《しゅさい》をさせていただいております鎌田竜一《かまたりゅういち》です。今回は急な話にもかかわらず参加していただき、感謝しています。大変助かりました。旅の間、い

ろいろと企画しておりますので、思う存分、愉《たの》しんでください。よろしく」

男が手を差し出してきたので、鉄平は訳のわからないまま握手をする。

鎌田の手は大きく、分厚くて、汗ばんでおり、ちょっと気持ち悪かった。

それ以前に、鉄平には鎌田の言った『この会』という意味がわからない。いろいろな企画って、いったい何だろう――。

そういえば、玲奈が『パートナーを必要とする』件に関しては、おいおい話すと言っていたが、まだ聞いていない。

どうやら、ひとつの丸テーブルを囲む八名が、この会のメンバーらしかった。

カップルが四組だろうか。なかには、初老の紳士と若い女性、女性同士の組み合わせもいる。鎌田の横にも妖艶《ようえん》な美女がいるから、二人はカップルなのだろう。

妙な組み合わせが多いような気がするが、共通しているのは、女性が美女揃いということだ。

食前酒を呑《の》み終えて、食事がはじまった。フレンチっぽい料理がコースで運ばれてくる。

美味しかった。クルーズの愉しみは食事だといわれるが、とくにこの船は料理が美味いことで有名らしい。

歓談をしながらのコース料理が終わりに近づいたとき、ミニスカートを穿《は》いた若い女性が、顔を赤く染めて、うつむき、くなくなと腰を揺すりはじめた。なぜか呼吸も荒くなっている。

「失礼しますよ。梓実《あずみ》の体調がすぐれないようなので、部屋に戻ります。みなさんは気になさらないで、お食事を愉しんでください。では……」

このグループで最年長らしき紳士がそう言って、席を立った。

梓実という若い女性を立たせ、足元のふらつく彼女を抱えるようにして、ダイニングを出る。

鉄平が二人の後ろ姿からなかなか目を離せなかったのは、梓実と呼ばれた女性に興味を持ったからだ。

まだ若くて、大学生くらいに見える。ボブヘアが似合っていて、恥《は》ずかしそうに腰をもじつかせる様子に惹《ひ》きつけられたのだ。

隣の玲奈が鉄平の耳元に顔を寄せて、囁《ささや》いた。

「梓実ちゃん、あそこにローターが入っているのよ。それを磯崎《いそざき》さんがリモコンで操作していたわけ。二人はもう帰ってこないわ」

まだ女性をひとりしか知らない鉄平だが、ピンクローターを女性の膣《ちつ》に入れて、リモコンで操作するプレイがあることは知っている。

そんなこと、架空の世界での出来事だと思っていた。

だが、そうではなかったようだ。しかも、あんなに清楚《せいそ》な子が七十歳を過ぎているであろう老人の言いなりになっている。

(もしかして、このグループって、そういうことをやっても咎《とが》められない会なのだろうか？)

そういう目で見ると、玲奈は深いスリットの入ったセクシードレスを着ているし、主宰者の鎌田の妻である季莉子《きりこ》も胸元の大きくひろがったドレスをまとっていて、たわわすぎるオッパイがこぼれそうになっている。一条鞠子《いちじようまりこ》と桐原檸檬《きりはられもん》のレズカップルも妖艶で、女性はみんなセクシーだ。まるで、この場所にだけ美しい花々が咲き誇っているみたいだった。

(……絶対に何かエロい会だよな。部屋に戻ったら、玲奈さんにこの会のことをくわしく訊こう)

鉄平は心に決めた。

長い時間をかけてのディナーが終わっても、やはり、梓実と磯崎のカップルは戻ってこなかった。

3

食後、鉄平は玲奈とともに船室に戻った。

九階のデラックスルームには、バルコニーがついている。

バルコニーには白いテーブルと二脚の椅子が置いてあって、落下防止用の透明フェンスがついていた。

夜空にはほぼ満月が中空に浮かび、バルコニーの二人を青白く照らしている。

二人は白い柵につかまって、海を見た。

船は太平洋を横浜から鹿児島へと南下している。方向から推《お》して、遠くに見える光は海岸沿いに灯《とも》っている街の明かりだろう。

今は波が静かなせいか、それとも船に設けられた揺れ防止用の装置のせいか、ほとんど揺れは感じられない。出港直後には横揺れを感じたが、もう体が慣れてしまったのかもしれない。

玲奈は風で乱れた髪を直しながら、海を眺めている。そのセクシーであると同時に知的でもある横顔に見とれてしまう。

この身体を今晩、抱けるのかと思うと、たちまち股間のものが頭を擡《もた》げてくる。だが、その前に訊いておきたいことがあった。

「あの……さっき、鎌田さんがおっしゃっていた『この会』って、何ですか。いろいろとやるって言ってたし……そろそろ聞かせてもらえませんか？」

切り出すと、玲奈が鉄平を見た。

「きみはハプバーって知ってる？」

「ええ、一応は。ハプニングバーのことですよね」

「そう……じつは、わたしたちは渋谷《しぶや》にあるハプバーの会員なの。それも、常連さんのゴールド会員」

「……玲奈さんも、ですか？」

「そうよ。もともとは今の彼氏が会員だったのよ。彼はヘンタイさんなの。わたしとセックスするところを、人に見せるのが大好きで。わたしも勧められて、入会したわ。秘密は守られるから、大丈夫。一般会員のなかでするときは、アイマスクをして顔バレしないようにしているの。ディナーでテーブルを囲んでいた方々はみんなゴールド会員で信用できる。わたしたちは信頼のもとで成り立っているの。そうでないと、怖くてプレイできないでしょ？」

「ああ、はい……そう思います。俺なんか顔バレしてもどうってことはないんだけど、たとえば山科課長は大変ですものね」

「だから、きみもこの会でしたこと、見たことは一切口外しないように。もしそれを破ったときは重い懲罰が待っている。わかったわね？」

「はい……口が裂けても言いません」

「信じるわ。鎌田さんがハプバーの経営者で、今回の企画の発案者。つまり、気の合ったメンバーだけが集まって、クルーズで羽目《はめ》を外そうというわけ。航海の間はみなさん仕事や家庭を忘れて、趣味に没入できるでしょ？　パーティーも企画していると言っていたわ。カップルだけが参加できるようにしたのは、主にスワッピングのためね」

「ス、スワッピングって夫婦交換のことですよね」

「そうよ」

「じゃあ、俺たちもやるんですか？」

「たぶん……」

玲奈は髪をかきあげて、つづけた。

「今回の参加者はいろいろな趣味を持っていらっしゃる。フェティシストもいるし、SM愛好家もいるし、レズビアンもいる。スワッピングしないと燃えないという人もいる」

頭がくらくらしてきた。鉄平はまだセックスの初心者で、相手の女性をイカせられるかどうかも覚束《おぼつか》ないのに、あまりにも難度が高すぎる。

「俺、きっと役に立たないと思います。正直、まだひとりしか女性を知らないし、それも半年で終わりました」

「だから、先日、きみを育てるって言ったでしょ？　大丈夫。いろいろと教えてあげるから……」

玲奈は鉄平のほうを向いて、両手で顔を挟みつけ、唇を合わせてきた。

とっさに周囲を見まわしたものの、左右には仕切りの壁があって、隣室のバルコニーは見えないし、人の気配もない。

玲奈はかるくついばむようなキスをしてから、言った。

「この旅の間はわたしを恋人だと思っていいのよ」

「はい……でも、あの……いいんですか、骨折している彼氏は……」

「彼はいいのよ。代わりに、うちの新入社員を連れて行くって、許可を取ってあるから。彼、どういうプレイをしたか、あとで聞かせてほしいって……ヘンタイなのよ。だから、気にしなくていいわ。それより、わたしをちゃんと愛して……できる？」

「はい……俺、前から課長を……」

「わかっていたわ。だから、連れてきたのよ。それと、その課長っていうのは、この旅では禁句ね」

「ああ、すみません」

「玲奈、でいいから。わたしもきみを鉄平って呼ぶわ」

玲奈は鉄平の表情をうかがいながら、ふたたび唇を寄せてきた。

ふっくらとした唇が触れて、甘い吐息がかかり、それだけで、鉄平の股間はズボンを突きあげる。

それを感じたのか、玲奈の指が下腹部に伸びた。

（あっ……！）

しなやかな指が睾丸《こうがん》から分身へとなぞりあげてくる。女性におチンチンを触ってもらうのは、大学三年のとき以来だ。

しかも相手は、自分の教育係ともいえる会社の上司で、憧れの存在であり、高《たか》嶺《ね》の花である美人課長なのだ。

分身がこれまで体験したことのないほどの角度でいきりたち、ちょっと刺激されるだけでますます感じてしまう。

赤いルージュでぬめる柔らかな唇、ねっとりとからみついてくる舌、喘《あえ》ぐような息づかい……。

（ああ、ダメだ。出る……！）

とっさに突き放すと、玲奈が口許をゆるめた。

「どうしたの？」

「すみません。出そうだったので……もう何年も女性に触れていなかったんで」

「ダメじゃないの。その歳で……もったいないわ、いちばん勃《た》ちがいいときなのに……勃ちがいいって、大切なことなのよ。きみには、まだわかってないわ、これが元気であることの重要性が」

「……すみません」

「すみませんって言いすぎ。これから、クルーズの間はその言葉も禁止にしようね……」

「ああ、はい……」

鉄平はまた「すみません」と言いかけて、口を噤《つぐ》む。

玲奈はズボンのベルトをゆるめて、右手をすべり込ませてきた。

「あっ……」

ひんやりした指がじかに触れて、分身が躍りあがる。

「硬いわ……若いって、いいわね。彼なんか、わたしに慣れたせいか、こんなにカチンカチンにならないの。それに……これ、先走りの液なのかしら、ぬるぬるしていて、しごくたびにニチャニチャ音がする……」

玲奈が鉄平の手をつかんで、左側のスリットの切れ込みに導いた。

「いいのよ、触って……ほら、早く」

せかされて、鉄平はおずおずと太腿をさする。

黒い透過性《とうかせい》の強いストッキングがむっちりとした太腿を包んでいて、すべすべした感触が心地よい。

「いいのよ、奥まで触って」

玲奈が耳元で囁きながら、肉棹《にくざお》を握って、しごいてくる。

陶酔感《とうすいかん》をこらえて、鉄平は右手をロングドレスの内側へと潜り込ませる。

パンティストッキングだと思っていたのだが、実際は太腿までのストッキングのようで、すべすべした内腿の素肌を感じた。

それに、パンティを穿いていないようで、指がじかに翳《かげ》りとその奥の湿原に触れて、

「うんっ……！」

玲奈がくぐもった声を洩《も》らして、顎《あご》をせりあげた。

（ああ、すごい……俺は今、山科玲奈のオマ×コを触っている！）

鉄平は玲奈を船室のサッシに押しつけて、ロングドレスを持ちあげるように、太腿の奥をなぞる。

「ぁあ、あああ……上手よ。上手……ぁあうぅぅぅ」

艶《あで》やかな声を洩らしながら、玲奈は腰を揺すり、ハイヒールを履《は》いた長い足を鉄平の腰にからみつかせる。そうしながら、握っている鉄平の勃起《ぼっき》をしごきたててくれる。

（これは、夢じゃないよな。気がつくと夢だったなんてことだったら、がっかりしすぎて生きていけないぞ）

玲奈がキスを求めてきたので、鉄平は唇を合わせる。

自分から舌をからめるなんて技はできない。それでも、ドレスのスリットに差し込んだ手指で柔肉《やわにく》を撫《な》でさすると、

「んんっ、んんんんっ……」

玲奈はくぐもった声を洩らしながら、鉄平の勃起をズボンの下でしごき、身体を擦《こす》りつけるように腰をくねらせる。

またまた射精しそうになったとき、玲奈は身体の向きを変えて、鉄平の背中をサッシに押しつけるようにして、前にしゃがんだ。

（え、ええ……？　まさか、まさかな）

戸惑いながらも期待していると、玲奈が鉄平のズボンをブリーフとともに膝《ひざ》まで押しさげた。

転げ出てきた分身は臍《へそ》を打たんばかりにそそりたち、それを見た玲奈がハッと息を呑むのがわかった。

「尋常《じんじょう》ではない角度ね」

満面に笑みを浮かべて、勃起の硬さや大きさを確かめるように握り、しごき、

「いい感じよ。カリが張っているし、適度に横に曲がっている。反《そ》り具合も文句なしで引っかかりが気持ちよさそう。きみを連れてきて、正解だったわ」

玲奈は見あげて言い、顔を寄せてきた。

挨拶《あいさつ》とばかりに、亀頭部《きとうぶ》にチュッ、チュッとキスをし、勃起を腹に押しつけ

る。

長いウエーブヘアをかきあげて鉄平を見あげながら、亀頭冠《きとうかん》の真裏にちろちろと舌を打ちつけてくる。

ドレスの胸元に余裕ができて、双乳の大きなふくらみが半ば見えている。もう少しで、乳首まで見えそうだ。

（ああ、すごい……！）

鉄平はうねりあがる快感に酔いしれながらも、もし隣室の客がバルコニーに出ていたらと不安になった。

しかし、考えてみたら、隣の客室には、磯崎と梓実、もう一方には女性同士のカップルが宿泊しているのだ。だから、少しくらい声を聞かれても問題はないだろう。

かなり安心した。なめらかな舌でツーッ、ツーッと裏筋を舐《な》められると、ぞわぞわした快感がうねりあがってきて、

「ぁああ、気持ちいいです」

思わず口に出していた。すると、玲奈は裏筋を舐めあげて、そのまま上から頬《ほお》張《ば》ってきた。

本体の途中まで唇をかぶせ、亀頭冠を中心にぐちゅ、ぐちゅと小刻《こきざ》みに顔を打ち振る。

「ぁああ、くっ……！」

歓喜の声を洩らすと、玲奈は鉄平を見あげて、薄く微笑《ほほえ》んだ。それから、ゆっくりと唇をすべらせて、根元まで頰張ってくる。

（ああ、気持ちいい……！）

下を見た。

自分のおチンチンがすっぽりと玲奈の口におさまっている。

玲奈の唇がモジャモジャの陰毛に接していて、おチンチンが見えない。そこまで、深く咥《くわ》えてくれているのだ。

しかも、なかで何かがうごめいている。

（これは……？）

玲奈は舌を勃起の裏側にからませているようなのだ。柔らかくて濡れたもので裏筋をねろり、ねろりと擦ってくる。

（すごい、すごい……！）

こんなこと、大学の先輩はしてくれなかった。

玲奈はたっぷりと舌を擦りつけてから、顔をゆっくり振りはじめた。

根元から先端まで大きな振幅《しんぷく》で唇を往復させる。

ペニスが蕩《とろ》けながら、ますますエレクトするような感覚を、鉄平はわくわくしながら味わう。

あまりにも気持ち良すぎて、目を閉じそうになったが、それはもったいないと必死に目を見開く。

すぐ下では、あの山科玲奈がゆっくりと顔を打ち振って、唇をからませている。

ドレスの胸元がひろがって、パンパンに張りつめた左右の乳房が真ん中でくっついている。

視線を遠くにやると、太平洋沿岸の様々な明かりと、満天の星が目に飛び込んでくる。

クルーズ客船が波をかき分けて走っていく、波音やエンジン音も聞こえる。

海風が頰やおチンチンを撫でていく。

鉄平が生きてきた二十四年間では、最高の瞬間だった。

つい先日までは、お盆休みも持て余す冴《さ》えない人生を送っていたのに、幸運の女神はいきなり微笑むものらしい。

ジュルル、ジュルル……。

イチモツを啜《すす》る音がして、下を見る。

いつの間にか玲奈は根元を握り、余っている部分に唇をかぶせて、亀頭部を啜りあげているのだった。

根元を握りしごきながら、それと同じピッチで亀頭冠に唇をすべらせる。

「んっ、んっ、んっ……」

赤いルージュの光る唇で、カリを引っかけるように小刻みに往復されると、ジーンとした快感がひろがり、それが熱くて甘い射精感へと急成長していった。

「ぁあああ、ダメです。出ます。ほんとうに出ます！」

ぎりぎりで訴えると、玲奈はちゅるっと吐き出して、立ちあがった。

「つづきは部屋でしましょ」

猫のような目で鉄平を誘い、サッシを開けて、キャビンに入っていく。

部屋の窓側に半円形のソファがあって、反対側にはツインのベッドが置いてある。

玲奈はカーテンを開けたまま、背中を向けて、

「ファスナーをおろしてちょうだい」

言いながら、背中に枝垂《しだ》れ落ちている長い黒髪をかきあげる。

楚々《そそ》としたうなじがのぞき、ドキッとする。鉄平は震える指先でファスナーをつまみ、慎重に引きおろす。

女性の服を脱がすのは初めてで、ドキドキする。背中を横に走る赤いブラジャーのバックベルトを見ながら、ファスナーを腰までおろす。

すると、玲奈は濃紺のロングドレスを腰を振って、脱いだ。

真紅《しんく》の刺しゅう付きハーフブラがたわわな胸のふくらみを持ちあげ、同色のハイレグパンティが腰骨から二等辺三角形に伸びて、すらりとした美脚をいっそう長く見せている。驚いた。さっき触れたときは、ノーパンに思えたし、実際にじかに恥肉に触れたのだが……。

いきなり、玲奈が訊いてきた。

「きみ、クンニできる?」

「……へ、下手ですけど、一応は……」

大学の先輩には、半年間でさんざんクンニを要求されたから、やり方はだいたいわかる。

「じゃあ、来て……その前に服を脱ぎなさい」

「ああ、はい……」

鉄平はあわててシャツとズボンを脱ぐ。

「ブリーフもね」

勃起しているところを見られるのは恥ずかしいが、どこかでわくわくもしていた。

ブリーフをおろして、爪先から抜き取る。いきりたっているものをちらっと見て、玲奈が満足そうに微笑んだ。

それから、半円形のソファに座り、足を開いた。

（これは……？）

目が点になった。

赤い薔薇《ばら》の花のような真紅のパンティが二等辺三角形に張りついているのだが、なぜか、中心に黒々とした恥毛が見える。

鉄平が唖然とした顔をしていると、玲奈が教えてくれた。

「オープンクロッチ・パンティと言うのよ。見たとおり、肝心な部分がオープンしてるわけ」

（ああ、なるほど。それで、さっきはじかに恥肉に触れたのか……！）

そういうパンティがあることは、知識としてはあった。だが、もちろん実際に見るのは、これが初めてだ。

「舐めて」

「はい……」

鉄平は近づいていき、前にしゃがんだ。

玲奈が肉びらに指を添えて、ぐいと開いた。

ぬっと現れた粘膜は鮮紅色にぬめ光り、とろっとした蜜をたたえている。

（これが、山科課長のオマ×コか……きれいだ。濃いピンクがいやらしすぎる！）

感動しつつ、鉄平はおずおずと顔を寄せる。

いっぱいに出した舌を、狭間《はざま》の粘膜に擦《こす》りつけると、ぬるっと舌がすべって、

「あぁんっ……！」

玲奈が喘いで、びくんっと腰を跳《は》ねさせる。

（感じている。玲奈さんが俺の愛撫に反応してくれている）

鉄平は無我夢中で狭間を舐めあげる。玲奈が自分で陰唇《いんしん》を開いてくれているから、剝《む》き出しになった内部に舌が簡単に届く。

何度も舐めあげていると蜜がますますあふれて、ヨーグルトみたいな甘酸っぱい味覚が舌にじんわりと沁《し》み込んできた。

「ぁあああ……上手よ。それでいいの……クリちゃんも舐めていいのよ」

玲奈がやんわりと指導してくれる。

（そうか……クンニでいちばん感じるのは、クリトリスだったな）

蜜をすくいとり、そのまま上方の肉芽《にくが》に蜜をまぶす。

玲奈のクリトリスはまるでピンクの雨合羽をかぶっているみたいで、かわいい。

その両側を丁寧《ていねい》に舐めていると、玲奈が我慢できないとでもいうように、包皮の上を引っ張った。

つるっと皮が剝けて、珊瑚色《さんごいろ》の真珠《しんじゅ》がこぼれでる。

（きれいだ。貝殻の内側みたいに光っている）

じっくりと何度も肉真珠を舐めあげるうちに、

「ぁああんっ……！」

玲奈は顎をせりあげて、鉄平の頭をぎゅっとつかんだ。

左右からの太腿のうれしい圧迫を感じつつも、鉄平は舌で擦りあげる。大きく

速く顔を打ち振って、縦に走らせると、

「ぁあぁ、はうぅぅ……鉄平、上手よ。ぁああん、そこ……」

玲奈はますます恥丘を擦りつけてくる。持ちあげられた爪先がのけぞり、すぐに内側に折り曲げられる。

(すごく感じてくれている……いいんだ。これでいいんだ！)

鉄平のなかで不安が薄れて、自信のようなものが生まれた。

また、心に少し余裕も生じて、あの頃、先輩がこうされると気持ちいいと言っていたやり方が脳裏に浮かんできた。

舌をれろれろっと横に振って、速いリズムで肉芽を叩くと、

「そうよ、そう……ぁああ、気持ちいい……吸ってもいいのよ」

玲奈が求めてくる。

鉄平は唇を窄《すぼ》めて、チュッ、チューッと吸引する。

「ぁああ、それ……それよ、それ……おかしくなる。へんになっちゃう……あんっ、あんっ、あっ……あっ……」

玲奈ががくがくと震えはじめた。

信じられなかった。自分は今、あの山科玲奈を痙攣《けいれん》するほど感じさせている。

伸びて肥大化した突起を舌で転がし、また吸う。リズムをつけて吸い込み、吐き出して、ふたたび舐める。舌で上下左右に弾《はじ》くと、

「そうよ、そう……ぁああ、欲しくなった。きみのおチンチンが欲しくなった」

玲奈は鉄平の顔を両手で引き寄せて、ぐいぐいと濡れ溝を擦りつけてくる。

4

玲奈は鉄平の手を取り、窓に近いほうのベッドに誘う。

鉄平は言われるままに、全裸でベッドに横たわった。

すると、不思議にも、それまで気にならなかったクルーズ客船の横揺れを感じた。

玲奈は背中を向けて、ブラジャーのホックを外し、薔薇色のブラジャーを肩から抜き取る。さらに、オープンクロッチ・パンティをおろし、脱いだ。

きれいな背中だった。こんな美しい背中や腰のくびれ、ヒップの見事な隆起曲線を見たことがない。

見とれていると、玲奈が振り向いた。

こちらを向いた瞬間、神々《こうごう》しいまでの美しい乳房に見とれてしまった。これほ

どに大きくて、形のいいロケット乳を見たことがない。

たわわな乳房は直線的な上の斜面を、下側の充実したふくらみが持ちあげて、濃いピンクの乳首がツンと上を向いている。

会社での山科課長の毅然《きぜん》とした態度そのままに、凛《りん》として威張ったような胸のふくらみに圧倒された。

陰毛は長方形にととのえられ、烏《からす》の濡れ羽色のように、つやつやとした漆黒《しっこく》の光沢を放っている。

玲奈はベッドにあがって、鉄平の足の間にしゃがんだ。そして、いきりたつものにチュッ、チュッとキスを浴びせ、裏筋を舐めあげてきた。ツーッ、ツーッと舌を走らせながら、上目遣《うわめづか》いに鉄平を見る。

その目がセクシーすぎた。

鉄平は魅入られたように、目が離せなくなる。

すると、玲奈はウエーブヘアを耳の後ろまでかきあげて、じっと鉄平を見ながら、唇をひろげて、亀頭部を頬張る。

ちらちらと鉄平をうかがいつつ、ゆっくりと顔を打ち振る。

唇を亀頭冠に引っかけるようにして刺激し、スライドしながら、鉄平を上目遣いで見つめる。

自分の口唇《こうしん》愛撫がもたらす効果を推し量るような目が、途轍《とてつ》もなくセクシーだった。

敏感なカリを巧みに擦られつつ、根元を握ってしごかれると、ジーンとした快感がうねりあがってきた。そして、分身は最高に硬くなる。

それを見はからったように、玲奈がちゅるっと肉棹を吐き出し、

「最初はわたしが上になるから。そのほうが、きみとしても安心でしょ？」

そう言って、鉄平の下半身にまたがってきた。

蹲踞《そんきょ》の姿勢になって、いきりたつものを右手でつかみ、ゆっくりと腰を振って、擦りつけてくる。

ぬるっ、ぬるっとすべって、いかに狭間が濡れているかがわかった。

玲奈は亀頭部を翳りの底に押しつけて、慎重に沈み込んでくる。

茜色《あかねいろ》に燃えた頭部が狭間を押し割っていく確かな感触があって、

「ぁあああ、硬い……」

玲奈は顔をのけぞらせる。

それから、歯を食いしばって、さらに腰を落としきり、

「あああぁ……」

口を開き、眉根《まゆね》を寄せた。感触を味わってから、鉄平を見て、

「いい感じよ、きみのおチンチン。すごく存在感がある」

玲奈は両膝をぺたんとシーツに突いたまま、腰を前後に振りはじめる。

前と後ろに手を突いて、バランスを取り、繊毛《せんもう》を擦りつけるようにして、腰を後ろに引き、前に突き出す。ベリーダンスを踊っているような動きが、たまらなくエロチックだった。

「ぁああ、いい……長さも太さも硬さもちょうどいい。大きくはないけれど、適度な曲がりがいい。これなら、他の女性たちも満足できそう。正解だったわ、きみを選んで……ぁああ、いい……ぐりぐりしてくる。きみのおチンチンがぐりぐりしてくる」

そう言いながら、玲奈は腰を揺する。

鉄平も分身を温かい粘膜で揉《も》み抜かれる快感に、酔っていた。

(ああ、オマ×コってこんなに気持ちいいものだったのか……)

先輩のときはこんなに良くなかったような気がする。きっと、玲奈は名器の持ち主なのだろう。

窮屈だし、なかで何かがうごめいていて、吸いついてくる感じだ。

玲奈が膝を立てた。

M字開脚した格好で反って、両手を鉄平の太腿に突いた。そうやって、少しのけぞりながら、腰をくいっ、くいっと打ち振る。

（ああ、丸見えだ！）

玲奈の腰が前後に動くたびに、鉄平のイチモツが翳りの底に出入りする様子がはっきりと見える。

（おおぅ、すごい！　俺のチンコが課長のオマ×コにずぶずぶと……！）

いまだに、これは夢ではないのか、という非現実感を拭《ぬぐ》えずにいる。それほど、鉄平が山科玲奈とセックスするなんて、あり得ないことだった。

しかし今、現実に自分のチンコが課長の体内を犯しているのだ。

これが夢であるわけがない。

腰を振るたびに、ネチッ、ネチャ、グチュと淫靡《いんび》な音がして、鉄平の分身が翳りの底に姿を消す。

「ぁああ、あうぅぅ……気持ちいい。きみのおチンチンが奥まで突いてくる。ぁあああ、硬いわよ。ぁあああ、たまらない」

玲奈が激しく腰を振ったので、肉棹がちゅるっと外れてしまった。

すると、玲奈はすぐにイチモツをつかんで、自らの体内に導く。その貪欲《どんよく》な仕種にドキッとする。

ふたたび迎え入れると、玲奈は前に倒れてきた。

鉄平の乱れた髪を直して、上から知的でいながら優美な顔で眺め、「ふふっ」と小さく笑い、顔を寄せてきた。

チュッ、チュッと慈《いつく》しむようなキスをして、唇を舐めた。唾液の載った舌で鉄平の唇をなぞり、ねろり、ねろりと舌を旋回《せんかい》させる。

それから、唇を強く合わせて、なかで舌を差し込み、鉄平の口腔《こうこう》をなぞりあげる。そうしながら、ゆるく腰をつかう。

性器結合しながらキスをされるのは、初めてだ。こんなにエッチな気持ちになるなんて――。

玲奈は舌をからめながら、腰をくいっ、くいっと躍らせるので、そのたびに、勃起が締めつけられ、揺さぶられる。

濃厚なキスをしながら、激しく腰を上下に振られた。その杭打《くいう》ちされるような衝撃が気持ち良すぎる。それは玲奈も同じなのか、顔を離して、

「ぁああ、硬くて気持ちいい……いつまでたっても硬いままなのね。すごいわよ。ぁあああ、あんっ、あんっ、あんっ……」

腰を縦に振りながら、悩ましく喘ぐ。

M字開脚した姿勢で、やや前傾になって、腰を打ちおろしてくる。

パン、パン、パンと音がして、豊かな尻が打ち据えられる。そのたびに、窮屈な膣で肉棹をしごかれる。

その激しい杭打ちで、急激に甘い陶酔感が込みあげてきた。一気にぎりぎりまで追いつめられて、

「おおぅ、ぁあああ、ダメです！」

鉄平は玲奈の腰をつかんで動きを止めた。

「急にどうしたのかしら？」

玲奈はわかっているはずなのに、微笑みながら訊いてくる。そのちょっと意地悪な表情もとても魅力的だ。

「すみません、出そうだったので……」

「ほら、また言った。この旅では、『すみません』は禁止でしょ？」

「ああ、ゴメンなさい」

「困ったわね。どうしたらいい？」

「……わかりません」

「じゃあ、対面座位をしようか。腹筋運動の要領で上体を起こしてみて」

鉄平は腹に力を入れて、起きあがる。

目の前に、優雅な美貌がせまってきて、玲奈は鉄平にしがみつきながら唇を寄せてくる。キスをしながら、ゆるやかに腰をつかう。

それから上体を離して、後ろに手を突いた。

「乳首を舐められるよね？」

「ああ、はい」

「舐めて」

鉄平は腰を少し曲げて、前の方にある乳房をしゃぶる。頂上でせりだしている濃いピンクの乳首をれろれろと舐めた。舌を這《は》わせてから、弾くと、

「あんっ……ぁあああ、気持ちいい。乳首もあそこも気持ちいい……上手よ。鉄平、上手よ……ぁあああ、我慢できない」

玲奈は乳首を舐められながら、腰をグラインドさせるので、鉄平も追いつめられる。

必死に射精をこらえて、乳首を舐めしゃぶっていると、玲奈が上体を後ろに倒して、背中をベッドにつけた。

「ちょうだい。上になって、突いて……自分で動くのなら、射精しそうになったときにも、調節できるよね」

「ああ、はい……たぶん」

「いいわよ。ちょうだい。ガンガン突いて欲しい」

玲奈が求めてくる。アーモンド形の目が今はとろんと潤《うる》んでいた。

そういうことなら、と鉄平は得意だった体位を取る。

上体を立てる形で、玲奈の膝をすくいあげた。両手で膝の裏をつかんで、ぐいと押し広げると、すらりとした足が大きくＭ字に開いて、

「ぁああ、これ好きよ。恥ずかしいけど、気持ちいい」

玲奈がうっとりとして言う。

鉄平がこの体位が好きな理由は、さほど大きくないペニスがかなり深くまで容易に挿入《そうにゅう》できるからだ。それに、女性の格好も大股開きで、すごくいやらしい。

今も、長方形の陰毛が流れ込むあたりに、濡れた肉棹がすっぽりと嵌《は》まり込んでいるのが、よく見える。しかも、勃起がほぼ根元まで埋まっているので、先っ

ぽが奥のほうに届いている感触があって、すごく気持ちいい。

鉄平はゆっくりとストロークする。

膝裏をつかんで、膝を開きながら、腰を入れる。

ずりゅっ、ずりゅっと勃起が窮屈な肉路を押し広げていく感触があって、打ち込むたびに、

「あんっ、あんっ、あんっ……」

玲奈が喘ぎ声をスタッカートさせる。

（ああ、すごい……俺は今、あの山科玲奈を感じさせている！）

歓喜が込みあげてくる。

ゆっくりと焦《あせ》らないようにと考えているのに、自然に力が入って、強く、速く打ち込んでしまう。

ぐいとえぐると、奥のほうの扁桃腺《へんとうせん》みたいな柔らかなふくらみが、亀頭冠にまとわりついてきて、ひどく具合がいい。

そして、「あん、あんっ、あんっ」という喘ぎとともにたわわな乳房もぶるん、ぶるんと縦揺れして、乳首も同じように上下に動く。

玲奈はいつの間にか、両手を頭上にあげて、手をつないでいた。

だから、左右の腋《わき》の下が丸見えになっていて、その無防備な格好が、さらに鉄平をかきたてるのだ。

徐々に力がこもってしまい、ついつい膝裏をぎゅっとつかんで、体重をかけていた。

すると、玲奈の尻がわずかに浮いて、角度が合うのか、勃起がいっそう深いところに嵌まり込んでいく。それが気持ち良くて、鉄平は射精をこらえる。

「ねえ、来て……キスして」

玲奈が見あげてきた。

その目が潤んで、限りなくセクシーだった。

鉄平は前に倒れて、艶やかな赤い唇を奪った。

すると、玲奈は自分から舌を入れて、口中をまさぐってくる。

二人の舌がいやらしくからみあい、玲奈は鉄平を抱き寄せて、足で鉄平の腰を引き寄せる。

そうしながら、ぐいぐいと結合部分をせりあげる。

もっと深くつながりたい、奥まで欲しいという気持ちが伝わってきて、鉄平もますます昂奮してしまう。

鉄平はキスをしながら、腰をつかった。

ぐいぐい、とえぐり込む。

「んっ、んっ、んんんっ……」

玲奈はくぐもった声を洩らしながら、のけぞっていたが、ついにはキスできなくなったのか、

「ぁあああ、気持ちいいわ。きみのおチンチン、どんどん硬く、大きくなってくる。引っかかれて、気持ちいいわ。イキそうよ」

さしせまった様子で言う。

鉄平のほうもいよいよ追い込まれていた。放ってしまいそうな予感がある。しかし、もっと玲奈を感じさせたい。できれば、イカせたい。

奥歯を食いしばって、打ち据えた。

腕立て伏せの格好でえぐり込みつづけると、玲奈の気配が逼迫《ひっぱく》してきた。

「ぁあああ、気持ちいい……イクかもしれない。わたし、イクかもしれない。いいのよ、出しても。ピルを飲んでいるから、中出ししても大丈夫よ。ぁああ、すごい。鉄平、すごい。ちょうだい。イキそう……イキそうなの」

玲奈は鉄平の腕にしがみつきながら、のけぞっている。

膣がうごめいていた。幾重《いくえ》もの粘膜の襞《ひだ》がざわざわして、屹立《きつりつ》を内へ内へと誘い込もうとする。気持ち良すぎた。もう、制御できない。

「ぁあああ、玲奈さん、出ます。出します！」

「いいのよ、ちょうだい。あなたの濃いザーメンをちょうだい。思い切り、出すのよ。いっぱい、出すのよ」

「はい……あおおお！」

鉄平は唸りながら、つづけざまに打ち据えた。ギンとしたものが膣壁を擦りながら、奥へと届いて、それがすごく気持ちいい。

「ああぁ、イキます。出ます……おおぅぅ！」

「ぁあああ、ちょうだい……イクぅ！」

玲奈が大きくのけぞった。膣が締まってきて、そこを擦ったとき、鉄平も至福に押しあげられ、

「あっ、ぁあああ！」

吼《ほ》えながら、放っていた。

噴き出してはやみ、またあふれだす。それを繰り返しながら、鉄平は放出の

悦《よろこ》びに身を任せた。

5

（俺は、山科課長のオマ×コに精液をぶちまけたんだ！）

玲奈がシャワーを浴びている間、鉄平は自分がしたことに深い満足感を覚えていた。もうここまで来たら、これは夢なんかではなく絶対に現実なのだ――と、ようやく確信できた。

自分の分身を包み込みながら締めつけてきた膣の感覚が、まだペニスに残っていて、あんなに出したのに、まだ半勃起している。

（だけど、あれでよかったのか。ちゃんとセックスできたんだろうか？）

玲奈も昇りつめたようだが、あれは演技だったのかもしれない。

女性は半分くらいが、イク振りをすると聞いたことがある。

だけど、たとえ演技だとしても、それが演技であると見抜かれなかったら、男はそれで満足する。

大学の先輩とつきあっていた頃、鉄平は体調が悪くて、どうしても射精できなかった。そのときは、イッた振りをして空のコンドームを抜き、そのまま縛ったことがある。男だってイク振りをするのだ。

目を閉じていると、波音や船のスクリューをまわすためのエンジンの音が聞こえる。わずかな横揺れも感じて、自分が大型クルーズ客船に乗っているという実感が湧く。

バスルームから玲奈が出てきた。シャワーを浴び終えて、裸身に白いバスローブをまとっている。

三十五歳の熟《う》れた雰囲気と、いまだ若々しい現役バリバリのエロスが上手く混ざっていて、その姿を目にするだけで、鉄平の股間はむくむくと頭を擡げてきた。

黒いウエーブヘアが肩や首すじにかかり、八頭身のバランスが見事に取れている。

「一度、シャワーを浴びていらっしゃい」

「ああ、はい……」

玲奈に言われて、鉄平は急いでバスルームに向かい、シャワーで体を洗う。

客室にはシャワーだけというところもあるが、ここはデラックスルームだから、バスタブもついている。

何百人という乗客がシャワーやバスや水洗トイレを使うのだから、水の消費量は相当なはずだ。

鉄平は、自分ごときがあまり水を消費しないようにと素早く股間を洗い、バスローブをはおって、バスルームを出た。

玲奈はドライヤーで髪を乾かしながら、サッシの窓から外の景色を眺めていた。

「そこに座って」

言われるままに、鉄平はベッドのエッジに腰をおろした。

すると、玲奈が前にしゃがんで、鉄平のバスローブをまくった。転げ出てきた肉茎はすでに半分ほど頭を擡げている。

「やはりね。まだまだ元気ね。もう少しつきあってね。まだ、大丈夫でしょ?」

「も、もちろん」

「すごいわね。さっき、あんなにいっぱい出したのに、もう、こんなに……若いって、素晴らしいわ」

玲奈は上目遣いに鉄平を見あげて言い、顔を横向けて、肉茎の裏をちろちろと舐める。ハーモニカを吹くように裏筋に何度も唇を走らせる。

たちまち漲《みなぎ》ってきた肉棹を握って、持ちあげ、玲奈は睾丸袋のほうに顔を寄せた。ひくひくしている睾丸を舐めてくる。

袋の皺《しわ》のひとつひとつを伸ばすかのように丁寧に舌を走らせる。そうしながら、右手で握りしめている勃起をゆるゆるとしごいてくれる。

（まさか、睾丸まで……あの山科玲奈が俺のキンタマを舐めてくれている。信じられない！）

ぞわぞわした快感で、至福に包まれる。

分身がいっそうギンとしてきて、先走りの粘液が滲《にじ》み、しごかれるたびに、ニチャ、ニチャと音を立てる。

睾丸のひとつが消えてなくなった。

いや、なくなったわけではない。玲奈が片方の玉を頬張っているのだ。そして、なかで舌をからめたり、引っ張ったりしている。

もちろん、キンタマを頬張られたのは初めてだ。しかも、玲奈が自分ごときの睾丸を口のなかにおさめて、舐めてくれているのだ。

（あり得ない。課長がこんなことをしてはダメだ……だけど、たまらない……ええっ、あああ、ほぐれていく。ほぐれながら、漲ってくる）

分身はいっそう力を漲らせて、鉄平はもたらされる歓喜に酔いしれた。

そのとき、舌がツーッと這いてあがってきて、上から亀頭部を頬張ってきた。

ぷにっとした唇が途中までおりてきて、

「ぁあああ……！」

鉄平はもたらされる温かい包容感に天井を仰ぐ。

唇がゆっくりと上下動する。同時に、睾丸をほっそりした指でやわやわとあやされて、昂奮の渦が湧きあがってくる。

（フェラチオって、こんなに気持ちいいものだったんだ）

うっとりして、蕩けそうな快感を味わった。

分身が勃起しきると、玲奈は肉棹を吐き出した。

それから、サッシのガラスに両手を突き、腰を後ろに突き出して、

「ねえ、ちょうだい。立ちバックでわたしを犯して……ぁああ、早くぅ」

誘うように腰を振った。

（すごすぎる。ついに、立ちバックまで！）

鉄平は真後ろに立って、玲奈のバスローブの裾《すそ》をまくりあげた。

玲奈が背中のストレッチをするように前屈して、ガラスに手を突いたので、見

事なハート形の双臀《そうでん》がこぼれでる。

見とれてしまった。ウエストが両手でつかめそうなほどに細いから、いっそうヒップの雄大さを感じるのだ。

鉄平はいきりたつものを導いて、尻たぶの割れ目の下のほうに押しつける。

そこはすごく濡れていたから、はっきりと見えなくとも、ぬるぬるした感触で位置がわかる。

(ここだな)

腰を進めた。しかし、切っ先があまりにも鋭角に上を向いているので、ぬるっとすべってしまった。

もう一度と試みるものの、焦ってしまって上手くいかない。

「ちょっと、そこ違う。もっと、ずっと下……ここよ」

玲奈が下からぐっと手を伸ばして、屹立を導いた。

(ああ、こんな下か……)

鉄平は恥ずかしくて、逃げ出したい思いだった。

それをこらえて、腰を入れた。すると、切っ先が狭いとば口を押し広げて、ぬるぬるっと嵌まり込んでいき、

「はう……！」

玲奈が顔を撥《は》ねあげる。

（ぁああ、締まってくる！）

打ち込んだとき、粘膜の筒がイチモツを歓迎するかのように、波打ちながら締めつけてきた。

（すごい、すごい……！）

その食いしめに抗《あらが》ってピストンする。

「ぁああ、いい……あんっ、あんっ、あんっ……」

玲奈がやや抑えた声で喘ぐ。やはり、少しは隣室や廊下に声が洩れることをふせごうという意識があるのだろう。

鉄平はさっき放出しているので、今回は余裕がある。

腰をつかみ寄せて、ずんずん突く。

「あんっ、あんっ、あんっ……貫《つらぬ》かれてるわ。きみの曲がったおチンチンがわたしを串刺しにしている。ぁああ、深くて、苦しい……苦しいけど、気持ちいい」

玲奈がガラスに手を突いて、ガラスのなかの鉄平を見る。

キャビンはそれなりに明るくて、外はほぼ暗闇だから、ガラスに二人の姿が映っていた。玲奈のバスローブがはだけて、たわわな乳房が半ばのぞいている。仄白《ほのじろ》い尻の後ろに、鉄平が立っている。

間接的に映っているせいか、そのちょっとぼんやりした光景が、たまらなくエロチックだ。

揺れる乳房、乱れる髪、しなる背中──。

喘いでいた玲奈が、唐突《とうとつ》に言った。

「ねえ、頼みがあるの？」

ガラスのなかの鉄平を見る。

「な、何でしょうか？」

「バルコニーでしたいの」

「えっ……バルコニーで、ですか？」

「そうよ。さっき、おフェラしてあげたでしょ？」

「はい、でも挿入となると……」

「平気よ。遠くに明かりが見えないから、船は今、海岸を離れている。両隣の船室はメンバーよ、心配いらないわ。それに、わたしたちバスローブをはおっているから、たぶん結合部分は見えない。だけど、もう十二時を過ぎているから、声は抑えましょうね。やってくれるかしら、できるわよね?」

「ああ、はい……やります」

「ふふっ、いい子ね……その前に、部屋の照明を落とそうか。見えすぎるのも困るから……このまま、つながったままよ」

玲奈はちょっと歩いて、調光ダイヤルで部屋の照明を絞った。

「これでいいわ。外れないように、ついてくるのよ」

玲奈が前傾して前に進み、鉄平も抜けないように腰を引き寄せながら、後からついていく。

玲奈はサッシを開けて、バルコニーに出た。つづいて、鉄平も後を追う。性器でつながっているから、二人は一心同体である。

テーブルと椅子をどけて、玲奈は白い落下防止用の柵につかまった。玲奈は白いバスローブを着ているし、鉄平もバスローブをはおっている。

鉄平のバスローブの前ははだけていたが、結合部分が見えないように、左右のバスローブを合わせて、玲奈のヒップを両側から隠すようにした。

バスローブのなかでは、鉄平の雄々《おお》しくいきりたつ肉の塔が、玲奈の蕩けた肉路に嵌まり込んでいる。

鉄平はゆっくりと腰をつかう。

ギンギンになったものが、玲奈の膣に入り込んで、出てくる。

そして、玲奈は鉄柵につかまりながら、「んっ、んっ、んっ……」と、必死に喘ぎを押し殺している。

船は深夜も休まない。波を切って進む音が聞こえる。

海風はあるが、厚手のバスローブを着ているせいか、寒さはさほど感じない。

それに、玲奈の体内は熱く滾《たぎ》って、粘膜がからみついてくる。

イチモツが蕩けるような快感のなかで、鉄平は前を見る。

玲奈の言っていたとおりで、前方に明かりはない。

そして、ほぼ満月の黄色い月が青白い光を落として、玲奈の白いバスローブを仄白く浮かびあがらせている。

群青色《ぐんじょういろ》の夜空には、無数の星が煌《きら》めいていた。

そんな夜景のなかで、二人はクルーズ船の九階バルコニーでつながっている。

船室から洩れた薄明かりが、二人を浮かびあがらせている。突き刺さっているところをじかに見たくなって、鉄平はバスローブをまくりあげた。

仄白い尻がのぞいて、さすがの玲奈も一瞬、腰をよじって、鉄平を見あげてきた。

それでも、鉄平がたてつづけに打ち込むと、

「あんっ、あんっ、あんっ……いや、いや……声が……」

玲奈はとっさに口を手のひらで押さえる。

それでも、鉄平がさらに強い打撃を叩き込むと、

「んっ、んっ、んっ……ぁああ、ダメぇ……はうぅぅ」

両手で柵をつかんで、顔をのけぞらせる。

鉄平は知らずしらずのうちに、打ち込みを強めていた。抜き差しをしながら、右手を前からまわし込んで、乳房をつかむ。

バスローブに半ば隠れた、たわわなふくらみをぐいぐいと揉みしだき、頂上の突起を指先でとらえて、転がす。

すると、玲奈の気配が一気に変わった。

「ぁああ、いいのよ。乳首が気持ちいいの……おかしくなる。乳首とオマンマンと両方攻められると、おかしくなる……ぁあああ、あうぅぅ」

玲奈はそう言って、もっと深く欲しい、とばかりに、尻を突き出してくる。

鉄平は両手をまわし込んで、乳房をとらえた。

柔らかくて量感あふれるふくらみを荒々しく揉みしだきながら、後ろから打ち据える。パチン、パチンと乾いた音がして、

「あんっ、あんっ、あんっ……ぁあああ、いい……このスリルがたまらないのよ。ぁあああ、犯して。わたしをもっと犯してちょうだい。恥ずかしい目にあわせて」

玲奈がまさかのことを口にした。

玲奈は高慢でプライドの高いキャリアウーマンだが、内心は違うのではないかと思った。女王様気質というより、むしろM気質ではないのか——。

（ツンデレってやつか？）

はっきりしたことはわからない。だが、そのデレッとした部分があったほうが、鉄平はむしろ昂奮する。

凪《なぎ》の太平洋をクルーズ客船は進み、鉄平と上司はバルコニーでセックスしている。

（ああ、気持ちいい……すがすがしい。立ちバックでしているのに、何とも爽快《そうかい》だ！）

鉄平は乳房を揉みしだきながら、ぐいぐいと突きあげた。

海を渡る夜風が肌を撫でていく。

玲奈の膣だけは熱く滾って、勃起を締めつけてくる。

もう長く持ちそうにはなかった。

鉄平は射精覚悟で力強く、後ろから打ち込んだ。

胸から手を離して、くびれた細腰を両手でつかみ、徐々にストロークのピッチをあげていく。

「あんっ、あんっ、あんっ……ぁああ、鉄平、イキそうなの。わたし、船のバルコニーで犯されてイクのよ。そういう女なの……恥ずかしいでしょ。わたし、恥ずかしい女でしょ？」

「……そうです。玲奈さんは恥ずかしい女です。でも、俺も、俺も恥ずかしい男です。イキそうです」

「いいのよ、出して……大海原《おおうなばら》を見ながら、イクのよ。わたしもきみも……ぁああ、イキそう。今よ、イカせて」

「おおぅ……！」

鉄平は立ちバックで腰を叩きつける。

ぐい、ぐいっといきりたちが粘膜を擦り、奥を突いて、

「あんっ、あんっ、あんっ……わたし、イク……イッてもいいの？」

玲奈が訊いてくる。

「イッてください。俺も、俺も……うおおお！」

バルコニーで吼えながら叩き込んだとき、

「イク、イク、イッちゃう……うぐっ！」

玲奈は低く呻《うめ》いて、がくん、がくんと躍りあがった。

よし、今だと、最後の一撃を送り込んだとき、鉄平も放っていた。

玲奈の震える腰をつかみ寄せながら、男液を思い切り、しぶかせる。

狭い尿道口を精液が通過して放たれる快感が、背筋を貫いていく。

放ちながら、目を細めた。

射精する間、鉄平はずっと満天に煌めく星を眺めていた。

出し尽くしたとき、玲奈はすべての力を使い果たしたのか、糸の切れた操《あやつ》り人形みたいに、へなへなっとバルコニーに崩れ落ちた。

第二章　恩師の歪んだ淫行

1

出港して二日目、クルーズ客船のオーシャン・ヴィーナス号は、太平洋を日本列島に沿って、南下していた。

翌朝には鹿児島に寄港して、オプショナルツアーで船を離れる人もいる。それまでは、各自が自由にクルーズライフを満喫する。

船には大きなスクリーンの映画館やプールにジャグジー、海を見ながら入る公衆浴場もある。ルーレットなどのカジノやトレーニングジムもあり、今夜はかなり有名なオペラ歌手による公演も予定されていた。

木村鉄平は山科玲奈とともに、朝食に向かう。

白いパンツスーツの玲奈は相変わらず美しい。鉄平はこのようないい女と一緒にいることが、すごく誇らしい。

　お金持ちや権力者が、美女を隣にはべらせたり連れ立ったりする気持ちが、鉄平にもよくわかった。

（昨夜は最高だった。俺はセックスして、玲奈さんも絶頂に昇りつめた。夢のような出来事だった。しかし、あれが現実であったことは俺のチンコがいちばんよくわかっている）

　心なしか、玲奈がやさしくなったような気がする。

　それに、今朝も玲奈は自分の前で化粧をして、下着をつけて、服を着た。

　同じ部屋に泊まっているのだから当たり前のことだが、鉄平は玲奈がまるで自分の恋人のような気がするのだ。

　朝の海を見ながら、メインダイニングに向かった。

　クルーズ客船に乗って驚いたことは、食事を摂《と》る機会がすごく多いことだ。

　朝食、昼食、アフタヌーンティー、夕食、夜食はもちろんのこと、アーリーモーニングティーやサンドイッチバーなどもあり、どれだけ利用してもお金は取られない。簡単に言うと、すべてが旅行代金に含まれていて、アルコール類を除いて、飲み放題、食べ放題なのだ。

　一日、何万円も取られるのだから、そのくらいのサービスは当たり前なのかもしれないが、鉄平はお金を一切出していないので、申し訳ないような気がしてならない。いずれにしろ、いつも粗食を強《し》いられている我が身は、下船時に相当太っていることを覚悟しよう。

朝食も席が決まっていて、二人が行くと、すでに他のメンバーも揃っていた。いちばん目立っているのは、レズビアンの二人だ。

女歌劇団の俳優みたいな、背の高い凛《りん》とした美女が一条鞠子《まりこ》で三十二歳。巨乳でゴシックロリータ系の服を着ている女性が、桐原檸檬《れもん》で二十六歳。この二人はどこにいても人の目を引く。

玲奈も小松梓実《こまつあずみ》もそうなのだが、いい意味で個性的なのだ。

朝食はシンプルだったが、何といっても焼きたてのパンが香《こう》ばしく、スープと卵も美味しかった。野菜サラダも新鮮である。

美味しいコーヒーを飲んでいるとき、また、梓実の様子がおかしくなり、ミニスカートの腰がくねりはじめた。

鉄平は前から彼女が気になっている。見ていると、磯崎博《ひろし》が梓実の耳元で何か囁《ささや》いた。

梓実が「それは無理です」という様子で、首を大きく振った。

磯崎がふたたび梓実の耳元でさっきより強く言い聞かせた。梓実はほとんど泣きベソをかきながらも、隣の椅子に座っている鉄平のほうをちらりと見た。

周囲を見まわし、こちらを見ている人がいないことを確認して、鉄平のほうを向いた。そして、いきなり膝を大きく左右にひろげ、同時にミニスカーをたくしあげた。ノーパンの下半身がさらされて、陰毛が縦に走る恥肉が鉄平の目に飛び込んできた。

それだけではない、よく見ると、紫色のコードのようなものが、五センチばかり出ている。

(あれは?)

訳がわからなくて玲奈のほうを向くと、

「あれは、なかのローターを引っ張りだしやすくするためのコードよ。出なくなったら、困るでしょ」

と、小声で教えてくれた。

梓実が可哀相だった。

昨夜もされていた。ご主人様の指図で、今朝は食事を摂る間もローターを膣《ちつ》に入れて、命じられるままに隣席の男に向け、ノーパンの股ぐらを鈍角《どんかく》にオープンしている——。

いくら何でも無慈悲でひどすぎる。

梓実はもうどうしていいのかわからないといった様子で、ボブヘアの顔をうつむかせている。それでも、両足を鈍角にひろげて、耳を澄ませると、「ビーン、ビーン」と低いモーター音が洩《も》れてくる。

「ああ、許して」とでもいうように、梓実が首を左右に振った。

「どうですか、今晩あたり、おつきあい願えませんか？」

磯崎が言って、二人を交互に見る。

「もちろん、お受けいたしますわ。じつは、わたしたちもお二人のことが気になっていたところなんです」

玲奈がその案に乗った。

鉄平も満更《まんざら》でもなかった。昨日から、梓実に惹《ひ》かれるものを感じていた。

「鎌田さん、よろしいですわね？」

玲奈が鎌田に許可を求めて、

「もちろん。私の関知する問題ではありませんから、ご自由に……うちは、鞠子さんと檸檬ちゃんのお二人と有意義な時間を過ごします。よろしいですか？」

「はい、もちろん……」

鞠子が答えて、檸檬が微笑《ほほえ》んだ。

「もう、いいぞ。頑張ったな」

磯崎に許されて、梓実がすぐに両膝を合わせて、ゴメンなさいというような顔で鉄平を見た。

2

昼間、鉄平は玲奈とともに、十一階にあるプールサイドに来ていた。

白いビキニの水着をつけてスイミングキャップをつけた玲奈が、華麗なクロールで長方形のプールを縦に泳ぐ。

鉄平は、クロールは苦手だが、平泳ぎには自信がある。

平泳ぎで後を追い、玲奈がターンして戻ってくると、鉄平も同じようにターンする。

水中メガネをつけているので、水のなかがよく見える。

抜群のプロポーションに白いセパレートの水着をつけた玲奈の長い足と、ブラジャーといってもいいようなビキニが乳房を押しあげているのを見て、その前で立ち止まった。

「きみは、平泳ぎが得意なの？」

玲奈が微笑む。

「ああ、はい……泳ぎを海で覚えたので」

「波があるから、クロールだと息継ぎがしにくいってわけね」

「はい、飲んじゃいますから。海の水は超ショッパイですし……」

「そうね……こっちに」

玲奈は鉄平をコーナーに導くと、自分の身体でそこを隠すようにして、サーファーパンツ越しに股間をなぞってきた。

(気持ちいい。しかし、いくら何でもここでは、マズいだろう)

思わず周囲を見渡した。プールには三十名ほどの客がいるが、みんなそれぞれのことに夢中になっていて、二人を見ている者はいない。

「大丈夫そう？」

「ああ、はい……俺が見張っています」

二人が向かい合って、長時間いるのもへんだろうから、鉄平はプールの壁に背中をもたせかけた。同じように、玲奈も壁に背中をつけて、内側を見る。そうしながら、右手を伸ばして、股間をやわやわとさすってくる。

鉄平は触りやすいようにと、玲奈の手が動いているところを、自分の手で隠す。これで、まずわからないはずだ。

「今日は、これからどうしようか？」

無言のままではへんだと感じたのだろう、玲奈が訊《き》いてくる。

「どうしましょうかね……あっ、くっ」

鉄平は思わず唸ってしまった。

なぜなら、玲奈の指がサーファーパンツの上からすべり込んできて、じかにイチモツに触れたからだ。

「夜は磯崎さんとご一緒させていただくとして、その前に何をしようか。映画鑑賞っていう手もあるし、ゲームコーナーでもいいわね……鉄平はどうしたい？」

「どうしたいって、俺はただ……あ、くっ……」

玲奈の右手が奥まですべり込んできて、完全に勃起を握られた。

ギンギンにそりたつ肉柱の敏感な亀頭部《きとうぶ》を、親指と中指を丸めて、引っかけるように連続して擦《こす》られると、まさかの射精感がせりあがってきた。

「ダメです」

鉄平はとっさに腰を引いて、耳元で囁く。

「いいのよ、出しても」

「いや、マズいですよ」

「じゃあ、部屋のバルコニーでする？」

「えっ、ええ」

「でも、それじゃあ、せっかくプールに来た意味がないわね。しばらく、このプールのデッキチェアでゆっくりしていこうか」

「そうですね。じゃあ、先にあがっていてください。俺、今、ちょっとヤバいので」

鉄平は勃起を押さえる。

「そうね……」

玲奈はプール脇にある温かいジャグジーに入り、身体を温めると、プールサイドのデッキにあがった。

デッキチェアの隣のテーブルに置いてあった大型のバスタオルで、水着姿を拭く。

キャップを外したので、黒髪が肩や胸や背中に大きく散り、白いビキニや色白の肌とのコントラストが鮮《あざ》やかだ。

下半身を拭こうと前に屈むと、長い太腿《ふともも》の裏側がまっすぐに伸びて、脚線美がいっそう強調され、ヒップが目に飛び込んでくる。

ハイレグタイプなので、細いクロッチが食い込んでしまって、ほとんど尻たぶを覆《おお》っている箇所はなく、見事な双臀《そうでん》が丸見えだった。

（これじゃあ、いつまで経っても外に出られないぞ）

鉄平はどうにかして勃起をなだめ、プールサイドにあがった。

その頃には、玲奈はデッキチェアに仰臥《ぎようが》して、いつの間にサングラスをかけていた。ビーチパラソルで影ができているせいで、玲奈は肌を太陽光線から守る必要はないようだ。

見事なプロポーションがあらわになり、鉄平は昂奮しつつ、隣のチェアに寝る。

目を瞑《つぶ》っても、瞼《まぶた》の裏で光が躍っている。

波音や、子供や若い女の子の黄色い歓声が聞こえる。

どこかのリゾート地で寛《くつろ》いでいるようだ。横を見ると、玲奈が片膝を立てて、デッキチェアに寝そべっている。

夜には、梓実を連れた磯崎博とバーで逢う予定になっていた。それから、どうなるのだろうか。こちらで主導権を握っているわけではないから、どういう進展を見せるのかわからないが、梓実のことはもっと知りたい。

なぜか、抱きたいというより知りたい気持ちのほうが強い。

プール脇で寛いでいると、そこに、鎌田竜一と季莉子《きりこ》がやってきた。

オレンジ色のワンピースの水着をつけた季莉子は、肌が小麦色に焼けていて、女性サーファーのように見える。

二人の隣にバスタオルを置いて、プールに入り、戯《たわむ》れながら泳ぎはじめた。二人とも見事なクロールですいすい泳ぐ。

鎌田が五十五歳で、季莉子は三十九歳だという。季莉子の肉体は若々しく、衰えもほとんどなく、むっちりといい具合に熟《う》れていて、せいぜい三十代前半くらいにしか見えない。

二人はバツイチ同士で再婚して、ハプニングバーは十五年前にはじめたらしい。

何でも思いつきで行動しようとする鎌田を、実際に陰で支えているのは季莉子であり、その尽力がなければ、ハプニングバーも潰《つぶ》れていただろうと、玲奈は言っていた。

鎌田が先にあがって、玲奈の隣のチェアに座った。

「奥さま、お元気ですね。いつまでもお美しいわ……」

玲奈が話しかけると、

「そうですね。元気で、なおかつきれいです」

鎌田が謙遜《けんそん》もしないで言った。

「やはり、女性ホルモンが活発に分泌《ぶんぴつ》されているからでしょうね」

「それはあるでしょう。女性ホルモンさえ分泌させておけば、内面からきれいになりますから。どんなにごてごて着飾っても、セックスレスの女性は刺々《とげとげ》しくてダメですね。周りからもわかってしまう」

「そう思います」

「その点、玲奈さんは素晴らしい。内面からも外面からもお美しくなられる努力をなさっている」

「いえいえ……ところで、パーティーはいつなさるんですか？」

「このツアーのラストナイトにしようかと思っています……そのために、私はロイヤルスイートを取ったんですから。あの部屋は広いですから、パーティーも難なくできます。愉《たの》しみですね、わくわくします」

「ふふっ、わたしもです」

玲奈が同調する。

一方、鉄平は、どんなパーティーなのかと興味津々《きょうみしんしん》である。

「今夜は、磯崎先生たちとご一緒にお過ごしになるようですね」

鎌田が言った。

「ええ……鉄平も梓実もお互い惹かれているようなんですよ。面白くなりそうでしょ？」

「確かに……」

鎌田は豪快に笑った。

「あの……磯崎さんは、『先生』なんですか？」

鉄平が口を挟む。

「そうよ。言わなかった？　磯崎先生はずっと小中学校の先生をなさっていて、校長先生を引退してからは教育委員会にいらしたの。今はそこも退職して、家で教育論の本をまとめようとなさっているのよ」

「そんな立派な教育者が、あの……」

「それとこれとは別なのよ。職業とセックスとはまったく別物。でも、梓実ちゃんはもともと先生の教え子なのよ。教え子がパパ活に走っているのを知って、磯崎先生も悩んだ末に、救いの手を差し伸べたというか……とにかく、ああいう形を作りあげたの。磯崎先生は奥さまも亡くされてお独りだから……二人の関係はとても微妙なのよ」

「知りませんでした」

「でも、そんな現実はプレイをする上で関係ないから忘れていいわ。忘れないと、できないから……わかった？」

玲奈に言われて、鉄平は一応うなずく。

鎌田が言った。

「今夜は、私たちは一条鞠子と桐原檸檬を相手に、愉しくやりますよ……鉄平さんも、二人のことはもう聞いたでしょ。レズビアンだから、面白いといえば面白いし、面倒といえば面倒です。面白さと面倒さは表裏一体ですから、面白いものはみんな面倒です。ただし、好きという気持ちがそれをすべて愉しさに変換していくんです。鉄平さんは、セックスで面倒だって感じたことはありますか？」

「……そうですね。たぶん、ないです。もちろん、あまり経験がないってこともありますが」

「それは、見どころがある。なかには、クンニが面倒で仕方ないって男がけっこういる。あれはマズい……」

「何がマズいの？」

声がしたほうを見ると、季莉子がプールからあがって、すぐそばまで来ていた。

オレンジ色の水着が小麦色の肌に映え、しかも、むっちりと熟れた肢体に水滴がしたたっていて、ドキッとしてしまう。

キャップを外すと、ナチュラルなショートヘアで、笑ったときの真っ白な歯がとても魅力的だった。

胸は控えめだが、その分、尻が発達していて、アスリートとしてやっていけそうな身体をしていた。

「何がって……クンニが面倒だって男が多いって話だよ」

「あら、あなただって、そうじゃない」

季莉子がバスタオルで身体を拭きながら言う。

「そうか？」

「そうよ……一応はしてるけど、わたしのおフェラへの情熱と較べたら、足元にも及ばないわよ」

季莉子が隣のデッキチェアに座って、ボトルのキャップを外し、ミネラルウォーターをこくっ、こくっと嚥下《えんか》した。

ちなみに、みんな『セックス』とか『クンニ』とか『おフェラ』という直接的な言葉を発するときは、意識的に声を潜めている。

「確かにそう言われるとな……女性のフェラへの情熱はものすごいからな。あれは何か特別なものだ。きみもそう思うだろ？」

鎌田から同意を求められて、鉄平は答えた。

「どうなんでしょう……俺は経験が浅くて、よくわかりませんが……確かに、フェラにかける情熱はクンニとは段違いのような気がします。やはり、男を感じさせることに悦《よろこ》びを得るのかと……」

「もちろん、それはある。その悦びも二つあって、ひとつはご奉仕をするというM的なものと、自分が男を感じさせて、追い込んでいるという支配的な悦びがあるような気もする。それから、別段理由もなくおチンチンを触っていたい、咥《くわ》えていたいって女もいる。それは、おチンチン自体が好きなんだろうな。季莉子はそのパターンだろ？」

夫にそう言われて、怒ったのか、

「もう、バカなこと言わないで。誰のものでもいいってわけじゃないのよ。いやねえ、大きくしてるじゃない」

季莉子はテントを張りはじめていた鎌田の下半身にタオルをかけた。それから、自分も仰臥する。

会話が途切れて、鉄平も仰向《あおむ》けに寝て、青空を眺める。エンジン音もなく、揺れも少ないために、ここが航海中のクルーズ船だという意識がない。

雲の形が刻々と変わるものの、ほぼ真上にある太陽が眩《まぶ》しい。

そのとき、ちょうど懐かしい曲がBGMとして流れてきた。

（ああ、これは『太陽がいっぱい』じゃないか。最高の映画のひとつだったな。アラン・ドロンが適役だった。自分を見下す恋敵を、女のためにヨットで殺してしまうという話だったな。こうやって寝そべっていると、自分がアラン・ドロンになったような気がする。ニーノ・ロータの主題曲がたまらなく哀切《あいせつ》だった。もう少しで完全犯罪が成立したのに……あのラストシーンがな）

哀切なギターのトレモロから、トランペットが奏《かな》でる舞いあがるようなメロデ

ている。

鉄平は昔の映画が好きで、六十年代や七十年代の名作と言われる映画はほぼ見ている。

（プールと言えば……映画『卒業』では、ダスティン・ホフマンが最初にプールのなかで、孤独感を味わうんだったな。アン・バンクロフトとキャサリン・ロスがよかった。最高だったのは、サイモン&ガーファンクルの曲だったな。なかでも、『ミセス・ロビンソン』は素晴らしかった。まあ、今ここで聴くとしたら、『サウンド・オブ・サイレンス』だろうな）

頭のなかに『サウンド・オブ・サイレンス』の、静かさのなかに哲学的な瞑想《めいそう》を含む曲が流れ、それに身を任せる。

（だけど、あれは早い話が、童貞だった男が、友人の母親とその娘をやっちゃうんだよな。年上の女に筆おろしをされて、さらにその娘としたら、どうなんだろう。どっちの具合がいいんだろうか。熟している母親のほうなのか、それとも若くて締まりのいい娘のほうなのか……）

などとバカなことを考えていると、玲奈が、

「そろそろ行きましょうか。これ以上は肌を焼きたくないの」

と言って立ちあがり、歩きだしたので、鉄平も勃《た》ちかけたものを必死に押さえながら後をついていった。

3

夕食の後、鉄平と玲奈、磯崎と梓実は、十一階のプールサイドにあるバーで、お酒を呑《の》んでいた。

眼下には、プールの水面が月光できらきら光っているのが見える。

バーで、鉄平と梓実、磯崎と玲奈の組に別れて、カクテルを呑みながら、話をする。この組み合わせにしたのは、磯崎の指示である。

玲奈の話では、磯崎は最高に愛《いと》おしい存在の梓実が他の男に寝取られる寸前まで いかないと、勃起《ぼっき》しないらしい。

残念ながら、鉄平にはそういうネトラレの性癖《せいへき》はあまり理解できない。それどころか、もし自分の恋人を目の前で寝取られるようなことがあったら、絶対にその場で相手の男をぶん殴ってしまうだろう。鉄平は小さい頃に拳法を齧《かじ》っていたから、それなりに自信はある。

もっとも、十八歳を過ぎてからは、喧嘩は一切したことがない。喧嘩になる状況を避けた人生を送ってきた。それが原因で、現在は今一つ性根が据《す》わっていない生き方になっているのかもしれない。

玲奈はチャイナドレスを着て、深いスリットから美脚をのぞかせていた。

梓実は磯崎の趣味なのか、本物の水兵さんが着るような水色のセーラーカラーの白いセーラー服を着て、同じ水色のプリーツの超ミニスカートを穿《は》いていた。しかも、明らかにノーブラで胸のふくらみからぽっちりとした突起が二つ透《す》けているのだ。

鉄平は目のやり場に困りながらも、知りたいことを訊いた。相手が梓実だとどういうわけか、話が途絶えない。

「梓実さんは大学生なんでしょ？」

「ううん、大学はやめて、今は美容師専門学校に行っています。ほんとうは二十二歳なんですよ」

「ふうん、で、なぜ中退したの？」

「何の目的もなしに卒業しても、満足できるところには就職できないなって……それで、自分は何をしたいか考えたら、やはり、美容関係だったの……この髪も自分でカットしているんですよ」

梓実が顔を振ると、ふわっと柑橘系《かんきつけい》の整髪料の香りが散った。

（そうか……美容関係の専門学校なら、授業料もかかるだろうし……それで、どうしようもなくなってパパ活をしていたら、偶然、かつての恩師である磯崎先生に出逢ったわけか）

そう勝手に解釈しつつも、感想を口にした。

「シャープなボブヘアだね。『レオン』のナタリー・ポートマンみたいな……」

「そう、彼女が演じたマチルダがイメージ。わたし、マチルダが好きなの」

「へえ、じゃあ、さしずめ、磯崎先生は殺し屋のレオンだ」

「それは違うわ」

梓実がきっぱり否定したので、少し驚いた。

「ちょっと出ましょう」

梓実が磯崎に、

「ちょっと酔ったから、覚ましてきます」

と言って、二人はバーを出た。

バーからの死角になる奥のデッキで、梓実が言った。

「聞いていると思うけど、パパ活だったの。そうしたら、いきなり磯崎先生が現れて。事情を話したら、それだったら授業料や家賃くらいなら、俺が用意するから、もうそういうことはやめなさいって。わたしは先生の提案を受け入れた。先生は最初は何もしなかったわ。でも、それではわたしはお返しをしていないわけだから、すごく息苦しくなって……事情を話したら、抱いてくださった。当時からもう勃たなかったのよ。でも、わたしが過去の男の話をするときだけはエレクトした。そのうちに、先生にこの会に勧誘されて……他の男に寝取られそうになったときだけ、先生はすごい勢いで勃つのよ。怖いくらいにギンギンになる……結局、わたしは他の男に挿入《そうにゅう》されたことはないのよ。先生がさせないし、止めてくれる。そして、ご自分のカチカチのものを入れてくださるの。だから、たぶん今回も同じようなことになる。怒らないでね。わたし、鉄平さんのこと嫌いじゃないから」

そう言って、梓実は顎《あご》をあげ、目を瞑《つぶ》った。

長い睫毛《まつげ》をしているのだなと感心しつつ、梓実の高い鼻が当たらないように顔を傾けて、唇を合わせた。

ぷるるんとした唇は海風のせいか、わずかにしょっぱい。でも、梓実の舌は情感たっぷりに動いて、両手で鉄平を抱きしめる。

鉄平がキスをしながら、セーラー服をまくりあげて胸のふくらみに触れると、やはりノーブラで、意外にたわわな乳房とともにこりっとした乳首が勃っていた。突起を捏《こ》ねると、

「んんんっ、んんんんっ……」

梓実はくぐもった声を洩《も》らしながらも、ズボン越しに分身を撫《な》でてきた。

それが硬くなっているのをわかったのだろう、しなやかな指で勃起したものをさすりあげてくる。

(ああ、最高だ……)

一目見たときから、心を奪われていた女性に分身をしごかれて、我慢できそうにもない快感がうねりあがってきた。

「ダメだ。このままじゃあ、したくなってしまう。磯崎先生が心配して、さがしにくるかもしれない。今は帰ろう。どうせ今夜、俺たちは……」

「そうね……わかった」

梓実はあっさりと引き下がって、鉄平の左の肘《ひじ》の裏に手を入れ、胸のふくらみを押しつけてくる。

バーの入口ではさっと身体を離し、鉄平の後から涼しい顔をして入った。

四人は磯崎の船室に移動し、二つのベッドで性宴がはじまった。

窓に近いほうのベッドでは、鉄平がセーラー服姿の梓実を愛撫していた。

そして、もう片方のベッドではチャイナドレスの玲奈が、仰臥《ぎょうが》した磯崎の胸板を撫で、乳首にキスを浴びせつづけていた。磯崎は時々その愛撫に反応しながらも、梓実から目を離そうとしない。

やりにくくてしようがない。

せっかくカップルを交換したのだから、それぞれが違うパートナーとのセックスを愉しめばいいのだ。

だが、磯崎は山科玲奈という超美人に愛撫されながらも、梓実に執着《しゅうちゃく》しつづけている。

やはり、磯崎はへんだ。そんなに大切な存在なら、梓実を他の男からシャットアウトすればいい。

(どうしたら、いいんだ?)

戸惑っていると、梓実が耳元で言った。

「鉄平さん、感じたいの。わたしを本気にさせて、お願い」

「だけど……」

鉄平はちらりと磯崎のほうを見る。磯崎は玲奈にイチモツを咥《くわ》えられて、ぼうっとした顔をしていた。

「先生はいいの、気にしなくて……あなたが気にすると、こっちも気になってしまって集中できない。わたしは今、心から感じたいの」

梓実がきっぱりと言った。するとその声が磯崎の耳にも届いたようで、顔が険しくなった。しかし、反応はしない。

「お願い……」

「わかった。もう、気にしないから」

鉄平も心を決めた。

ぽっちりとした小さな唇を奪い、舌を差し込みながら、乳房を揉《も》みしだいた。セーラー服の上からでも、乳首が明らかに硬く尖《とが》ってきたのがわかり、そこを指の腹で捏ねながら、舌をからめる。

すると、梓実の様子が変わり、

「んんんっ、んんんんっ……」

くぐもった声を洩らしながら、切なげに胸を左右によじる。

（よし、これなら……！）

鉄平も昨日、玲奈の特訓を受けて、少しはセックスが上手くなっている。

右手をセーラー服の下端から内側にすべり込ませた。すぐのところに、柔らかな乳房が息づいていて、ふくらみを揉みながら、突起を指先で転がすと、

「んんんっ、んんんんっ……ぁあああ、ダメ……気持ちいい。気持ちいい」

キスをしていられなくなったのか、梓実は顎をせりあげる。

「そんなに気持ちいい？」

「はい、気持ちいい……」

「どこが？」

「梓実の、ち、乳首が……」

「じゃあ、これは？」

鉄平はとっさに思いついて、白いセーラー服の上から、乳房の頂上を舐《な》める。

唾液が生地に吸い取られて、見る見るそこに乳首の肌色が透け出てきた。そこを舐めて、吸うと、

「ぁああ、はうぅぅ……鉄平さん、気持ちいいよ」

梓実が訴えてくる。

鉄平は左右の乳首を生地の上から同じように舐め、吸いながら、同時にもう片方の乳房をじかに揉みしだく。

それをつづけていると、梓実の下腹部がせりあがりはじめた。

「ぁあああ、鉄平さん、ねえ、ねえ……」

水色のプリーツミニが張りつく下腹部を、ぐいぐいと持ちあげる。

「どうしてほしいの？」

「触ってほしい……」

「どこに？」

「梓実のあそこに」

「どうして？」

「だって、疼《うず》くの。うずうずするのよ、触ってほしくて」

鉄平は水色のプリーツミニをまくりあげて、右手を太腿の奥に差し込んだ。

（……！）

梓実はパンティを穿いておらず、さらさらした繊毛《せんもう》の底のほうが一部、潤《うる》んでいた。

「ノーパンなんだね？」

「恥ずかしいわ……先生がそうしろとおっしゃるから」

鉄平は『先生の言うことなら、何でも聞くの？』と問いたかったが、さすがに磯崎の前でそれはできなかった。

「すごく濡れてる」

「それは……先生がご覧になっているから」

梓実はそう言いながらも、磯崎の見えないところで、鉄平の勃起を握ってきた。

「こんなに濡らして……梓実ちゃんはかわいい顔をしているのに、ほんとうはエッチなんだね……」

「そうよ、梓実はエッチなの……ぁあうぅ」

鉄平が濡れ溝を指でなぞると、梓実はもっと触ってとばかりに、恥丘を突きあげてくる。

猛烈にクンニしたくなった。

鉄平は梓実の足を開かせて、その間にしゃがんだ。

水色のプリーツミニの奥に、萌《も》えいづる若草がやわやわと生えて、底には梓実を女にしている秘密の場所がひっそりと、淫靡《いんび》に息づいていた。

数多くを見てきたわけではないので、断言はできないが、とても、こぶりで愛らしく見える。

だが、顔を寄せると、それを待っていたかのように肉びらがひろがって、内部のピンクが姿を現した。

(きれいだ……！)

外側はととのっているのに、内側は妖《あや》しく濡れて、きらきら光っている。

舌をいっぱいに出して、舐めた。狭間《はざま》の粘膜を舌でなぞりあげると、舌がスムーズにすべって、

「ぁあん……」

梓実は甘い吐息《といき》のような声を洩らした。

鉄平は左右の膝をつかんで開かせる。そうしながら、女の花びらを慈《いつく》しんだ。

仄《ほの》かに香る甘酸っぱさが、鉄平を夢見心地にさせる。

つづけざまに狭間を舐めると、

「ぁああ、いいの……先生、いいのよ。梓実のあそこ、すごく気持ちいいの」

梓実が、隣のベッドの磯崎に向かって言う。

「いいんだぞ、梓実。もっと気持ち良くなって……木村さんに感じさせてもらう

んだ。うんといっぱいな」

磯崎の返事が聞こえる。

「いいの、先生はそれでいいの？」

「私は梓実が感じてくれるだけで、うれしいんだよ……ぁあああ、玲奈さん、よしてくれ。気持ち良すぎる……おおぉ！」

磯崎の下腹部から、長大な肉柱がそそりたち、玲奈が顔を上げ下げして、唇をすべらせていた。

チャイナドレスの裾《すそ》がまくれあがり、何もつけていないヒップがあらわになって、女自身のぷっくりした割れ目も見える。

（磯崎さん、いざとなると、あんなに立派になるんだな……だけど、俺は磯崎さんには負けない。負けるものか……）

鉄平は上方にある陰核《いんかく》に、目標を移した。

かわいらしい肉芽《にくが》がピンクの鞘《さや》に包まれている。上方を引きあげると、くるっと皮が剝《む》けて、紅玉が顔をのぞかせた。

ゆっくりと舌でなぞりあげると、

「あふんっ……！」

梓実はがくんっと顎をせりあげる。

鉄平は丁寧《ていねい》にクリトリスを舐め、しゃぶった。

どんな状況であろうとも、梓実を愛したい。感じてもらいたい。

肥大化した肉の宝石を舌先で上下左右に弾《はじ》き、頬張《ほおば》る。チューッと吸い、吐き出して、れろれろろっと舌を旋回《せんかい》させる。

それをつづけるうちに、

「ぁあああ、あうぅぅぅ……欲しい。もう欲しくなった」

梓実がとろんとした目を向ける。

「何が欲しいの？」

「鉄平のあそこ……」

「その前におしゃぶりしてくれると、うれしいんだけど……」

鉄平は思いを告げる。

梓実はこくんとうなずいて、鉄平を仰臥させ、足の間にしゃがんで、じっとこちらを見た。

目が合うと、梓実ははにかみ、それから、雄々《おお》しくいきりたっている肉の塔の亀頭部に、ちゅっ、ちゅっと愛らしくキスをする。

鉄平を上目遣《うわめづか》いに見ながら、赤くて細い舌を出して、尿道口をちろちろとあやしてくる。同時に、根元を握って、ぎゅっ、ぎゅっとしごいてきた。

「ぁああ、梓実ちゃん。気持ちいいよ、それ……すごく……ぁあああ、気持ちいい」

鉄平は目を閉じて、もたらされる快感に酔いしれる。

だが、せっかくの場面を見ずにいては、もったいないと思い直した。

目を開けて、見やすいように頭の下に枕を置く。その姿勢で視線を向けると、梓実が一生懸命にいきりたちを頬張ってくれていた。

赤い唇をOの字に開いて、肉柱をゆっくりとすべらせている。

根元を握った指で屹立《きつりつ》をしごきながら、それと同じリズムで顔を打ち振る。

そのたびに、マシュマロのような唇が亀頭冠《きとうかん》を擦りあげていき、そこに、手指の上下動が加わると、熱い痺《しび》れがさしせまったものに変わった。

「ぁああ、梓実ちゃん、気持ちいいよ。すごくいい……」

「うんっ、うんっ、うんっ……」

唇を巻きくるめるようにして、亀頭冠を短くストロークされると、抗《あらが》いがたい快感がうねりあがってきた。

「ぁあ、出そうだ！」

「出さないで。ちょうだい」

梓実が肉棹《にくざお》を吐き出して、せがんでくる。

鉄平は体を起こし、梓実を仰臥させた。膝裏をつかんで押し広げながら、怒張《どちょう》しきった分身の先を濡れ溝に擦りつける。

このまま一気にと、膣口《ちつぐち》をさぐっていたとき、

「よしなさい！」

男の怒声に振り向くと、磯崎がこちらのベッドに近づいてくるところだった。

「もういい。代わってくれ……きみは玲奈さんとしなさい。早く！　早くしないと、萎《しぼ》んでしまう」

磯崎が鈍色《にびいろ》の硬直を右手でしごきながら言う。

喧嘩なら、鉄平も戦っていただろう。しかし、これはルールのある性的なゲームなのだ。

鉄平がその場を譲ると、磯崎が梓実の膝をすくいあげて、太棹を押しつけた。

血管の浮き出たエラの張った肉棹が、梓実の若草のような茂みの底へと姿を消して、

「あうぅぅ……！」

梓実が顎を高々とせりあげて、シーツを鷲《わし》づかみにするのが見えた。

4

「どうしたのよ？　こんなに縮んでしまって……好きな子が、他の男にされているのって、そんなにショック？」

玲奈が鉄平の股間に触れながら、言う。

「いや……」

「そういう割には、ここがしゅんとなっているじゃないのよ……いいわ。わたしが大きくしてあげる」

そう言って、玲奈は股間のものにしゃぶりついてきた。

仰臥して、熱烈なおフェラを受けながら、鉄平は隣のベッドを見ている。

白いセーラー服に水色のセーラーカラーのついたコスプレ用衣装を着た梓実が、両膝を曲げられて、上から磯崎に打ち込まれている。

（……へんだよ、この組み合わせは絶対へんだよ）

鉄平は顔をそむける。それでも、

「あんっ、あんっ、あんっ……」

梓実の愛らしい喘《あえ》ぎが否応《いやおう》なく耳から飛び込んできて、ついつい見てしまう。

セーラー服がたくしあげられて、こぼれでた美乳を、磯崎の筋張った指が鷲づかみし、ふくらみに食い込んで、形を変えている。

さらに、磯崎は梓実の足を舐めはじめた。

足をぐいと強引につかんで、親指から小指にかけて舌を這《は》わせ、さらに、足の裏を舐める。

踵《かかと》から土踏まず、さらに、親指の裏側へと舌を走らせる。

梓実はいやそうに首を左右に振っていたが、やがて、感じてきたのか、

「ぁあああ、あうぅぅ……」

と、声を洩らしはじめ、ついには、

「ぁああ、あああ、先生、気持ちいいよ。気持ちいい」

うっとりとして言う。

それを見ているうちに、鉄平はイチモツがギンと漲ってくるのを感じた。

「ふふっ、急に硬くなった……」

玲奈がいったん肉棹を吐き出して言い、うれしそうに指でしごいた。それか

ら、
「ねえ、わたしにもして……」
鉄平を見あげて誘いの笑みを浮かべ、チャイナドレスを脱いだ。
こぼれでた裸身の下半身には、赤い刺しゅう付きパンティが三角に走ってい
た。やはり、この前の下着のように、肝心なところが開いていて、繊毛と花肉が
のぞいている。
ブラジャーを外すと、たわわな美乳がこぼれでた。
つけているのは、燃えるように赤いオープンクロッチ・パンティだけだ。
鉄平はその下着だけの凛とした姿に見とれた。
玲奈は鉄平が隣のベッドを観察しやすいようにしてくれたのだろう、ベッドサ
イドのエッジに頭を置いて、鉄平に向かって足をひろげる。
鉄平は挿入する前に、すらりとした足をひろげて、繊毛の流れ込むところに舌
を走らせる。そこはこれまでの磯崎の愛撫でしっぽりと濡れ、濃い鮮紅色の粘膜
がわずかに顔をのぞかせていた。
「いいわよ、ちょうだい」
玲奈が自らの指で、膣口をひろげる。

うごめいている粘膜から大量の蜜が滲《にじ》んでいて、奥のほうがぎゅっと締まったり、ひろがったりする。

複雑に入り組んだ粘膜に舌を走らせる。何度も舐めるうちに、玲奈はもう我慢できないとでもいうように恥丘をせりあげて、

「ぁあぁ、いい……鉄平の舌、気持ちいいわ。もう我慢できない。ちょうだい。早くぅ」

潤んだ目で鉄平を見て、自分で足を開く。

鉄平は元気を取り戻した分身をあてがって、一気に送り込んだ。

蕩《とろ》けた粘膜の海を怒張がかき分けていって、

「はうぅぅ……！」

玲奈が顔をのけぞらせ、両手でシーツを鷲づかみにする。

気持ち良かった。熱く滾《たぎ》った粘膜がからみついてきて、まだピストンをしていないのに、ぐいっ、ぐいっと奥へと引きずり込もうとする。

「ぁあぁ、最高だ」

思いを載せて、打ち込んでいく。

やはり、玲奈のオマ×コは性能が良くて、まったりとからみついてくる。

鉄平は上体を立て、玲奈の膝を開かせ、シーツに突いた自分の左右の腕をつっかい棒のようにしてベッドに立て、ぐいぐいと腰をつかう。

少し前に体重をかけて、前のめりになりながら、上からズブッ、ズブッと突き刺していく。

「あっ、あっ、あんんっ……鉄平、気持ちいい。きみのカチンカチンが奥まで貫《つらぬ》いてくるのよ。あああ、もっと、もっとちょうだい。わたしをメチャクチャにして！」

玲奈が鉄平の二の腕にぎゅっとしがみついてくる。

「ぁああ、玲奈さん……玲奈……」

名前を呼びながら、前を向いた。

視界に、梓実の奔放《ほんぽう》な姿が目に飛び込んできた。

梓実は、仰臥した磯崎にまたがって、しなやかに腰を振っている。

すでにセーラー服は脱いでいて、一糸《いっし》まとわぬ姿をしていた。

横から見る乳房の、その生意気そうな乳首のツンとした形が途轍《とてつ》もなくいやらしかった。

直線的な上の斜面を下側の充実したふくらみが押しあげて、中心より上にある乳首が驕慢《きょうまん》そうに上向《うわむ》いている。しかも、硬貨大の乳輪とそこから二段式にせりだした乳首は、透《す》き通るようなピンクにぬめ光っていた。

(ぁあああ、梓実ちゃん……エロいぞ。かわいいのに、エロい!)

梓実は両膝をぺたんとシーツに突き、磯崎と向かい合う形で上になり、腰を揺すっている。

波動がスムーズに身体を伝わっていく。一連の流れで、腰が前後に打ち振られている。

上下動はなく、前後に揺するだけだ。

しかし、あまり経験のない鉄平にも、こうやって腰をつかわれたら、最高に気持ちいいだろうなというのはわかる。

「おおぅ、梓実……お前は卑猥《ひわい》な女だな。腰の振り方からして心底好き者だ。イキたいんだな?」

磯崎が言った。

「はい……わたし、イキたい……」

「よし、じゃあ、自分で腰を縦に振ってごらん。鉄平さんに、エッチな梓実を見ていただくんだ」

磯崎に命じられて、梓実はちらりとこちらを見た。

鉄平と目が合い、ちょっと悲しそうな顔をした。それから昂然《こうぜん》と顔をあげて、

「……あんっ……あんっ！」

腰を振りあげて、おろし、甲高《かんだか》く喘ぐ。

もう完全に居直ったのだろうか、両手を前に突いて、腰を大きく振りあげて、頂点から、振りおろす。

すでに膝は立てていて、発達した尻が大きく持ちあがり、打ち据《す》えられる。屹立めがけて叩きつけられる尻の激しい動きと、打擲《ちようちやく》するときのピシャ、ピシャという音が室内に響きわたる。

「ぁああ、突いてくる。先生のおチンチンが梓実を突いてくるぅ……ぁああ、イキそうよ。先生、イッていい？」

梓実が訊いた。

「いいぞ。イッていいぞ。イクところを見せてくれ。お前がはしたなく気を遣《や》るところを見たい。そうら」

磯崎が自分も腰をせりあげているのがわかる。そして、梓実は腰を激しく上下動させて、

「あんっ、あんっ、あんっ……ぁあああ、イキそう……イクよ、いい？」

「いいぞ。イキなさい。俺のことは気にせずに、気を遣りなさい……そうら、イクんだ！」

磯崎が突きあげたとき、

「イク、イク、イッちゃう……いやぁあああああ！」

梓実は嬌声《きょうせい》を噴きあげて、がくん、がくんと躍りあがっていたが、やがて、ぐったりと前に突っ伏していった。

そして、磯崎は胸に飛び込んできた梓実の髪を、慈しむように撫でていた。

5

梓実が昇りつめていくのを目の当たりにして、鉄平は強い昂奮を覚えた。玲奈の足をつかんでV字に開かせ、力強く怒張を打ち込む。

「おぉう、ぁあああ、止まらない。止められない！おおぅぅ」

なぜこうなるのか、はっきりしないのだが、今は玲奈に昂揚をすべてぶつけたい気分だった。

細い足首をつかんで、長い足をひろげ、ぐいぐいと屹立を打ち据えていく。

「あん、あん、あんっ……ぁああ、すごいわ。鉄平、すごいよ！」

玲奈が下から見あげてくる。

「バックからしたいんだ。這ってください」

「いいわよ……」

結合を外すと、玲奈は途中で鉄平の勃起を握り、耳元で囁いた。

「イキたいのね。出したいのね。ほんとうは梓実のなかに……でも、今はわたしで我慢するのよ。わたしのほうが具合がいいと思うわ」

にこっとして、玲奈はベッドに四つん這いになった。

ハート形のヒップに赤いオープンクロッチ・パンティが張りつき、中心は大きく開いて、とろとろに蕩けた雌芯《めしん》が鮮紅色の内部をのぞかせている。

「いいのよ、思う存分、犯してちょうだい。好きにしていいの。きみのしたいようにしていいのよ」

玲奈がくなっと腰をよじった。

鉄平は真後ろから、屹立を押し込んでいく。腰を引き寄せながら突き出すと、熱い肉の祠《ほこら》を怒張が押し開いていく確かな感触があって、

「うはっ……！」

玲奈が顔をのけぞらせた。

しなやかな背中が反《そ》っていて、そのくびれたウエストから大きな尻が張り出している。

突きながら視線をやると、隣のベッドで、梓実がじっとこちらを見ていた。

少し丸くなるようにして横臥《おうが》し、鉄平をじっと見ている。

生まれたままの姿で、たわわで形のいい乳房も薄い繊毛も丸見えだった。何よりも鉄平を見るその厳しい目の表情が印象的だった。

(梓実、今回はダメみたいだけど、そのうちに、きみを抱きたい。待っていてくれ。絶対にきみと……)

そう心に誓いながら、玲奈を突いた。

くびれたウエストをつかみ寄せながら、ぐいぐいと腰を叩きつけると、

「あんっ、あんっ、あんっ……」

玲奈が甲高い声で喘ぐ。

もう一度、隣のベッドを見たとき、こちらに向かって横臥していた梓実が自ら乳房を揉み、もう片方の手指で恥毛の奥をまさぐっていた。

(おおぅ、梓実……何てことを!)

エロチックすぎた。

磯崎はそれに気づいていないのか、反対側を向いて横臥している。

玲奈はヘッドボードのほうを向きながら、四つん這いになっている。

今、梓実は鉄平が玲奈をバックから犯すのを見て、昂《たかぶ》っているのだ。きっと、自分もこうしてほしいのだ。

ガンガン突くと、玲奈が逼迫《ひっぱく》してきた。

「あんっ、あんっ、あんっ……イキそう。わたし、イクわ……手を……」

そう言って、右腕を後ろに差し出してきた。

(確か、こうするといいんだったな)

右の前腕部を握って、後ろに引っ張る。玲奈の右腕がまっすぐに伸びて、その姿勢で思い切り腰を叩きつけると、勃起が激しく奥までうがって、

「ぁああんん……！」

玲奈がさしせまった声を洩らす。

やはりこの体勢だと、打ち込んだ衝撃が逃げずに、ダイレクトに伝わる。打ち据えれば打ち据えるほどに、快感がふくらむ。

腕をつかみ寄せて、後ろから打ち込む。そうしながら、顔を横向けて、梓実のほうを見る。

眉根《まゆね》をひろげて、とろんとした梓実は、あらわになった乳房の頂上をくりっ、くりっと転がしながら、下腹部に突っ込んだ指をさかんに動かしていた。

(ぁああ、あんなにオマ×コを掻《か》きまわして……梓実だって俺としたいんだ。くそっ、やりたい。俺も梓実とやりたい!)

梓実を見ながら、激しく玲奈を後ろから突いた。

ズブズブッと肉棹が玲奈の体内を犯し、

「あんっ、あんっ、あんっ……ぁあああ、イキそう。イカせて……鉄平、イカせて!」

玲奈が叫んだ。

「おおぅ、イケよ。イクんだ。俺も……!」

吼《ほ》えながら、スパートした。

一突きするたびに、蕩けた粘膜がからみつきながら締めつけてくる。そして、隣のベッドでは、梓実もがくがくしながらイキかけている。

「ぁあああ、イクよ。出すよ……おおぅぅ!」

鉄平がつづけざまに深いストロークを叩き込んだとき、

「イク、イク、イクぅ……!　やぁあああああ!」

嬌声をあげながら、玲奈は激しく躍りあがる。

膣の収縮を感じて駄目押しとばかりに打ち込んだとき、鉄平も至福に押しあげられた。

痙攣《けいれん》する玲奈を後ろから支えながら、熱い精液を一滴残らず絞り出す。

ぼやけた視野のなかで、梓実が昇りつめて、がくん、がくんと震えているのがわかった。

第三章　二人のレズビアンと3P

1

オーシャン・ヴィーナス号は、マリンポートかごしまの埠頭《ふとう》に停泊している。窓からは煙を吐く桜島《さくらじま》が見える。

横浜港を出てから三日目、早朝に鹿児島の港に到着した一行は、朝食をメインダイニングで摂《と》ってから、夕食まで自由行動になった。船は午後六時に出港するから、それに間に合うように帰船すればいいのだ。

乗客たちは、各々があらかじめ決めていたオプショナルツアーに出かける。たとえば、薩摩《さつま》の小京都と呼ばれる知覧《ちらん》の武家屋敷庭園を巡ったり、知覧特攻平和会館の見学にまわったりする。

木村鉄平も、山科玲奈と一緒にオプショナルツアーに出かけたかったのだが、こう言われた。

「ゴメン。きみには残ってほしいのよ……じつは、あのレズビアンの二人、一条鞠子《まりこ》と桐原檸檬《れもん》がどうしてもあなたとプレイしたいらしいの。他のメンバーはツアーに出かけるんだけど、あの二人は鹿児島はもう何度も来ているから、船内で過ごしたいらしいのね。わたしたちは午後三時には船に戻るけど、時間はたっぷりあるから、あの二人の相手をしてあげてほしいの。大丈夫？」

「はあ、そう言われればやりますけど……でも、お二人はレズビアンなんでしょ。俺は必要ないんじゃないですか？」

「……そうでもないんじゃないのかな……まあ、詳しいことは二人に訊《き》いて。オプショナルツアーで人が出かけた頃合いを見はからって、彼女たちの部屋を訪ねてあげて。ゴメンね」

「ああ、そんな、全然大丈夫です。むしろ、わくわくしていますから」

鉄平が見栄《みえ》を張ると、玲奈がぎゅっと抱きしめてくれた。

「昨夜は梓実ちゃんとできなくて、可哀相だったわね。鉄平は梓実ちゃんが好きなんでしょ？」

「……えっ、ああ、いえ……」

「わかっているわ。でも、彼女のパトロンは磯崎先生だから、こらえてね」

鉄平は無言でうなずく。

玲奈がツアーに出かけるのを見届けて、鉄平は二人の客室に向かった。

かるくドアをノックして、

「木村ですが」

声をかけると、しばらくしてドアが開き、鉄平は引き入れられる。

（これは……！）

片方のベッドに、一糸《いっし》まとわぬ桐原檸檬が大の字にくくられていた。両手首と両足首にはピンクの手枷《てかせ》、足枷《あしかせ》が嵌《は》められて、巨乳と呼んでも差し支えのない丸々とした乳房があらわになっている。

大きく開かされた両足の交わるところには、剃毛《ていもう》されて、つるっとした無毛の女陰《じょいん》がわずかにピンクの粘膜をのぞかせている。

鞠子は檸檬を見おろしているのだが、ＰＶＣ製の黒いオールインワンで胴体を締めつけた鞠子の股間からは、隆々《りゅうりゅう》とした疑似男根《ぎじだんこん》がそそりたっていた。しかも、長い黒髪をポニーテールにまとめて、険しい美貌を輝かせているのだ。

「こういうのは、初めてよね？」

一条鞠子がベッドにあがって、鉄平を見た。

「はい……もちろん」

鞠子はきりっとした細面《ほそおもて》で三十二歳。檸檬は二十六歳、アイドル系の卵形の顔だちで大きな目をしている。

二人はハプニングバーで知り合い、深みに嵌まっていったようだ。

聞いた話では、鞠子はＯＬ、檸檬はあまり売れていないイラストレーターらしい。ゴシックロリータ風の衣装を着ているのは、憧《あこが》れがあるからだろう。

おそらく、イラストで描く世界を自分でも体現したいのだ。

「じつは、檸檬があなたを気に入ったようで、だから、ご招待させていただいたのよ。わたしと檸檬はレズビアンなんだけど、バイセクシュアルでもあるの。つまり、男も女もイケるってこと。見ればわかるように、檸檬はマゾなのね。それで、あなたには手伝ってほしいのよ。そうだよね、鉄平に手伝ってほしいんだよね？」

「はい……」

檸檬がうなずいて、恥《は》ずかしそうに鉄平を見た。

くらっときた。檸檬のぱっちりとした目が哀愁《あいしゅう》をたたえていて、その男にすがるような眼差しが、鉄平の心情を揺さ振る。

小松梓実も同じような目をしていた。

自分はこういう目をする女性が好きなのかもしれない。

「その前に、檸檬をたっぷりと感じさせるから、きみはそこで見ていなさい。ああ、その前に裸になるのよ」

鞠子に言われて、鉄平は服を脱いで、全裸になった。

非常に恥ずかしかったが、そのときすでに、鉄平の肉棹《にくざお》は頭を擡《もた》げていた。

「あらら、もうそんなにして……きみは玲奈さんの彼氏が怪我をして、代わりに来ているらしいわね。でも、まだ若いから彼氏よりはるかに勃《た》ちはいいって、玲奈さんがおっしゃっていたわ……わたしたちを見ながら、そのギンギンのものをしごいていいのよ。わかった？」

「ああ、はい……」

鉄平は隣のベッドにあがって、胡座《あぐら》をかく。

このクルーズは鉄平に様々なことを教えてくれる。いまだセックスのセの字しか知らない鉄平には、すべてが真新しい。

レズビアンを目《ま》の当たりにするのは初めてだが、二人とも美人だから、期待感が高まる。

長い髪をポニーテールに結んだ鞠子は、黒いコルセットとハーフブラジャー、ガーターが一緒になったような衣装を着て、太腿《ふともも》までの黒い網ストッキングを穿《は》いていた。そして、その股間からは隆々としたディルドーがそびえたっている。

鞠子が、仰臥《ぎようが》している檸檬の唇にキスをした。

一糸まとわぬ姿の檸檬の肌を撫《な》でさすりながら、唇を重ねる。

それからキスをおろしていき、巨乳を揉《も》みながら、乳首を舌で刺激する。

「あっ、あっ……ぁあうぅぅ、気持ちいいですぅ」

檸檬は腰を揺らせて、快感を訴える。

両手両足をベッドに大の字に縛られて動かせない。その不自由さが、檸檬にとってはむしろ快感のようだった。

鞠子はあらわになった腋《わき》の下をくすぐるようになぞりあげ、腋窩《えきか》を舐《な》めた。

「ぁああ、恥ずかしい……許してください。鞠子さま、恥ずかしい……」

「ふふっ、ほんとうはその逆でしょ？　恥ずかしいことをされたいくせに。それに、他人に見られていると、燃えるでしょ？」

鞠子は檸檬の尻の下に枕を入れて、腰を浮かせ、自分は開かれている足の間にしゃがんだ。

陰毛のない、ふっくらとした恥丘の底に舌を走らせる。

両手両足を開いて、くくられている檸檬は、執拗《しつよう》にクンニをされるうちに、もう我慢できなくなったようだ。

「ぁああ、あうぅぅ……ぁあああ」

と、喘《あえ》ぎ声を洩《も》らし、腰をくねらせる。

股間から黒々とした疑似男根をそりたたせた美しい女王様が、巨乳の美少女の恥肉を舐めている——。

アブノーマルすぎる光景を目にした鉄平は、ひどく昂奮して、分身が力を漲《みなぎ》らせてしまう。

鞠子はクンニをしながら、両手を前に伸ばして、乳房をとらえた。

たわわな乳房を揉みあげ、乳首を捏《こ》ねる。そうしながら、唾音を立てて、檸檬の割れ目を舐め、啜《すす》っている。

「ああああ、ああうぅぅ……鞠子さま……もう、もういただきたいです」

檸檬が喘いで、右手を鞠子のディルドーに伸ばそうとする。

「そんなにわたしのおチンチンが欲しいの？」

「はい……欲しいです」

「しょうがないわね。お前はレズぶってるけど、ほんとうはペニスが大好きなのよね。お前の好きなペニスをくれてやるよ」

鞠子は檸檬の手足の拘束《こうそく》を解いて、すっくと前に仁王立《におうだ》ちした。

両手を組み、睥睨《へいげい》する。

ペニスバンドからそそりたっているディルドーをぐいと差し出した。すると、檸檬はすぐさま両手で握り、ゆったりとしごきながら、チュッ、チュッと亀頭部《きとうぶ》にキスをする。

黒いシリコンの光沢を放つ人工ペニスは、本物そっくりで、反《そ》りもカリのくびれもリアルに再現されている。

（これって、もしかして、反対側にもディルドーがついていて、それが鞠子さんの膣口《ちつぐち》に嵌まっているんじゃないのか？）

週刊誌のグッズ販売のページに、ベルトの内側と外側にディルドーが突き出た双頭のレズ用ペニスバンドがあったことを思い出した。

（そうか……これと同じようなものが鞠子さんのオマ×コに突き刺さっているわけか）

それをついつい想像してしまい、鉄平はますます昂《たかぶ》った。

鞠子は鉄平が自分の勃起《ぼっき》をしごくところを見て、にやっとした。それから、檸檬を叱咤《しった》する。

「何をぐずぐずしているの。早く、お舐め！　あんたはグズなのよ、すべてに関して」

「はい、申し訳ありません」

檸檬はつぶらな瞳で鞠子を見あげた。

股間から生えている黒いディルドーをつかんで、腹部に押しつけると、赤い舌で裏側をなぞりあげていく。

光沢を放つ疑似男根を唾液まみれにしてから、ぽっちりとした小さな唇をいっぱいにひろげて呑み込んでいく。

途中まで唇を往復させながら、可憐な表情で鞠子を見あげた。

「かわいい子ね。そうやって、わたしのペニスを咥《くわ》えている檸檬はほんとうにかわいいわ……入れてあげようか？」

鞠子に訊かれて、檸檬は大きくうなずく。

「いいわ。その代わりに、お前は鉄平のおチンチンも頬張《ほおば》るのよ……うれしいでしょ？」

檸檬はまたこっくりとうなずく。

「いいわ。じゃあ、這《は》いなさい。こちらに向けてお尻を突き出して、ここにちょうだいと、開きなさい」

命じられて、檸檬は緩慢な動作でベッドに這った。それから、両手をサイドからまわして、自らの陰唇《いんしん》を左右にひろげる。赤い内部がぬっと姿を現して、

「血を吸った薔薇《ばら》のように毒々しい色をしているわね」

そう言って、鞠子はペニスバンドの勃起の先を、尻たぶの底に押し当てる。

「入れるわよ。欲しいのね？」

「はい……欲しい。鞠子さまのペニスをください」

檸檬が言う。

ディルドーを指であてがった鞠子が、慎重に腰を入れていく。禍々《まがまが》しく黒光りする先端がとても小さな膣口を押し広げていって、

「ぁあああ……！」

檸檬が悲鳴に近い声を放った。

見ると、黒いディルドーが半分ほども膣内に潜り込んでいた。

「うぐっ……！」

と、鞠子も何かをこらえているようだった。

おそらく、体内におさまっている双頭のディルドーの一方が、鞠子の膣奥を突いているのだ。

その衝撃がおさまったのか、鞠子が鉄平に言った。

「鉄平、何をぼうっとしているの。さっき言ったでしょ。そのおチンチンを檸檬におしゃぶりさせなさい。早く！」

「ああ、はい……！」

鉄平は隣のベッドにあがり、檸檬の前に両膝を突いた。

すると、檸檬は両手を突いて、四つん這いになり、目の前でいきりたっている鉄平のイチモツをおずおずと舐めてきた。

「あっ、くっ……！」

潤《うる》みきった舌でなめらかに、ぬるっ、ぬるっと亀頭部を舐められると、体内に戦慄《せんりつ》が流れる。

「ふふふっ、鉄平もいい反応をするわね。玲奈さんがおっしゃっていたとおりだわ。檸檬、もっと丁重《ていちょう》におしゃぶりしてあげなさい」

「はい……鞠子さま」

檸檬は丁寧《ていねい》に答えて、屹立《きつりつ》をツーッと舐めあげて、上から頰張ってきた。ぽっちりしたこぶりの唇をひろげて、いきりたちにかぶせ、ゆったりと顔を打ち振る。

かわいかった。気持ち良かった。

ミドルレングスのさらさらの髪が揺れている。

そして、唾液を啜るジュブッ、ジュブッという卑猥《ひわい》な音が響く。

唇をすべらせていた檸檬が、肉棹を吐き出して言った。

「ぁああ、ダメッ……そんなことされたら、しゃぶれません」

見ると、鞠子が腰をつかっていた。

檸檬のくびれたウエストをつかみ寄せながら、ペニスバンドからそそりたっているディルドーを、檸檬の体内に打ち込んでいるのだ。

グチュ、ネチッと淫靡《いんび》な粘着音とともに人工ペニスで抜き差しされて、

「あっ、あっ、あうぅぅ……」

檸檬は悩ましく喘ぐ。

「ダメじゃないの。口がお留守になっているわよ。鉄平のおチンチンをしゃぶらないと」

ていく。


「ああ、すみません」

謝って、檸檬はまた勃起にしゃぶりついてきた。

鞠子がピストン運動をやめると、さかんに顔を打ち振って、唇で肉柱をしごいてくる。

だが、鞠子が腰を使いはじめると、やがて、肉棹への往復運動はできなくなって、ただ頬張るだけになり、

「んっ……んんっ……んんんんっ……！」

と、くぐもった声をこぼす。

鉄平はただただ昂奮していた。それはそうだ。こんなかわいい子が女王様のペニスを後ろから叩き込まれながら、自分の勃起を頬張ってくれているのだ。

こんなこと、普通は絶対に体験できない。

「ぁあああ、気持ちいい……お前を突くと、わたしも気持ちいいのよ」

鞠子が言って、

「わたしもうれしいです」

檸檬が答える。

「じゃあ、お前をもっと気持ち良くさせてあげるわ……鉄平、こっちに来て、本

物をブチ込んであげなさい」

鞠子がまさかのことを言った。

「いいんですか？」

「もちろん……じつはこの子もナマのおチンチンはひさしぶりなのよ。もう一年以上はしていないよね？」

「はい……していません」

檸檬が答える。

「よく我慢したわね。頑張ったから、そのご褒美《ほうび》をあげる。鉄平、いいわよ。檸檬を感じさせてあげて」

「はい……！」

2

鉄平は仰向《あおむ》けに寝た檸檬の膝をすくいあげる。

M字に開いた足の付け根の中心に、今までペニスバンドのディルドーを受け入れていた花肉が、いまだ開いたままで、内部の赤みをのぞかせていた。

「ほんとうに、いいんですね？」

挿入《そうにゅう》する前にもう一度確かめる。

「いいのよ。檸檬だってほんとうはナマのペニスが欲しくて、悶々《もんもん》としているんだから」

鞠子が言う。

それならばと、と鉄平はいきりたつものを檸檬の恥肉に押しつける。

昨夜は結局、梓実を抱くことができなかったから、その分、性欲は高まっている。

位置をさぐりながら、切っ先を徐々に強く押さえつけると、何かがほぐれる感触があって、

「はうぅぅ……！」

檸檬が顎《あご》をせりあげる。と、内部の粘膜が押し寄せるように勃起を包み込んできて、

「あっ、くっ……！」

鉄平は奥歯を食いしばる。そうしないと洩《も》れてしまいそうだった。

それほどに、檸檬のオマ×コは気持ち良かった。

ナマのペニスを受け入れていなかったせいなのか、内部の肉襞《にくひだ》がざわめきなが

ら、からみついてくる。

「ふふっ、檸檬のあそこ、いい感じでしょ？」

鞠子が言う。

「はい……名器です。吸いついてきます」

「最初に男としたときに、オマ×コの具合が良すぎて、男がすぐに出してしまったらしいの。その後の男たちもあっという間に出してしまって、檸檬は物足りなかったのよね。そんなときに、わたしと出逢ったわけ。そして、わたしが檸檬に女の良さを教え込んだ……でも、いずれ、男の良さもわからせてあげたかったのよ。きみはそれに最適だった。見込まれたんだから、期待に応えてよ」

「あっ、はい……」

鉄平はその責任の重大さに押しつぶされそうになりながらも、静かに腰を動かす。

玲奈とセックスする前では、そのリクエストに答えるのは絶対に無理だった。しかし、今なら、どうにかなるかもしれない。

膝の裏側をつかんで押し広げ、ぐっと前に体重を載せると、檸檬の尻がわずかに浮いて、挿入が深くなる。

そうなると、今度は切っ先のほうも、奥の扁桃腺《へんとうせん》みたいなふくらみをうがつようになって、さらに快感が高まる。

（ダメだ。ダメだ……ここはこらえないと……！）

分身が鎮まるのを待っていると、鞠子が檸檬の顔のすぐ横に膝を突いた。

そして、ペニスバンドからそそりたつディルドーを鞠子の口許に近づけた。

何をすべきかわかったのだろう、檸檬は命令される前に黒光りする人工ペニスにしゃぶりついた。

ぷっくりとした唇をリアルなペニスにからませて、ゆっくりと顔を振る。

「んっ、んっ、んっ……」

くぐもった声を洩らして、頬が凹《へこ》むほどにディルドーを吸い込む。頬を凹ませたまま、唇をスライドさせる。

鉄平は美少女を男二人がかりで犯しているような錯覚に陥《おちい》って、ますます分身がエレクトする。膝裏をつかんで開かせて、いきりたちでぐいぐい突くと、それが感じるのか、

「んんんっ……んんんっ……んんんぁああ！」

檸檬はディルドーを吐き出して、切羽詰《せっぱつ》まった声をあげ、両手でシーツを鷲《わし》づ

かみにした。

「今、自分から吐き出したわね！」

鞠子に叱責されて、檸檬が謝る。

「ぁああ、すみません」

「このスケベ女が！　檸檬はほんとうは男のナマチンポがいいのよね。今、お前のオマ×コを満たしているものでぐいぐい子宮を突かれるほうが、感じるのよね。そうでしょ！」

「違います……檸檬はこれが欲しいです」

檸檬がふたたび、ペニスバンドからそそりたつディルドーを頬張り、必死に顔を打ち振り、

「んっ、んっ、んっ……」

と、呻《うめ》きながら、ディルドーを激しく啜りあげる。

鉄平は鞠子に目配せされて、いっそう強く、速いストロークを叩き込んだ。

その頃には、鉄平の分身はカチンカチンになり、極限までふくらみきっていた。その硬く、いきりたつもので、ずりゅっ、ずりゅっと奥まで貫《つらぬ》く。

すると、あらわになった巨乳がぶるん、ぶるるんと縦揺れして、ピンクの乳首

も激しく躍り、

「んっ、んんんっ、んんんんんっ……ぁあああうぅぅぅ！」

檸檬はディルドーを吐き出して、心から感じているという喘ぎを放つ。

「ほら、また吐き出した。咥えなさい！」

「はい、すみませんでした……あおおおっ」

檸檬はまた、鞠子の擬似ペニスを頬張る。

それを見ながら、鉄平は膝から手を離して、巨乳をつかんだ。

抜けるように白い乳肌がいっそう張りつめて、青い血管が浮き出ている。柔らかくて、揉み心地のいい乳房だった。

片手ではとてもつかみきれない巨乳を揉みしだいていると、頂上の突起がいっそう大きくせりだしてきた。ぎりぎりまでしこっている乳首をつまんで、転がした。くりっくりっとねじると、

「んんんっ……んんんんっ……んんんんんっ……ぁあああ、やめてください……わたし、もうおかしくなります」

檸檬が悩ましく訴えてくる。

「しょうがない子ね。いいわよ。今日は特別よ。男相手に感じることを許してあ

げる。ほら、しゃぶって……わたしのペニスだと思って」

鞠子が赤いマニュキュアのされた人差し指と中指を、咥えさせた。

檸檬はほっそりとした二本の指を頬張り、懸命に舐めしゃぶる。それを見ながら、鉄平は檸檬の乳首を舐めしゃぶる。

たわわな乳房を揉みながら、硬くなった乳首を上下左右に舐める。それから、吸う。チューッと長く吸引すると、

「んんん、ぁあああ……！」

檸檬は喘ぎを長く伸ばして、顎をせりあげる。

「ほら、しゃぶりつづけなさい」

鞠子がまた指を頬張らせる。

咥えさせて、指を抜き差ししながら、鉄平にもっとしなさいと目でけしかけてくる。鉄平は鞠子をちらりと見て、今度は反対側の乳首をしゃぶる。

ゆっくりと上下に舌を走らせ、細かく左右に弾《はじ》いた。

「ぁあああ、あああ……」

檸檬が喘ぎ、それを鞠子に叱責《しっせき》されて、また指をしゃぶる。

鉄平が乳首を舐めしゃぶり、反対側の乳首を指で捏ねていると、

「ぁああ……もう、もうイキそう！」

檸檬が心からの声をあげる。

鉄平はここぞとばかりに腰を叩きつけた。

もう我慢できそうもなかった。

鉄平はぐっと前に屈み、檸檬を抱きしめた。抱き寄せながら、膝を伸ばして、体重を載せたストロークを叩き込む。

「あんっ、あんっ、あんっ……ぁああ、イッちゃう。鞠子さま、イッてもいいですか？」

檸檬が鞠子に許可を求め、

「いいわよ。イキなさい。はしたなく昇りつめなさい。わたしのペニスを握ってイキなさい！」

「はい……！」

檸檬がそそりたつディルドーをぎゅっと握って、顔を大きくのけぞらせた。鉄平ももう限界を迎えていた。

とろっとした粘膜をこじ開けるようにして、激しくストロークすると、ペニスが蕩《とろ》けながらふくらんでいき、甘い陶酔感《とうすいかん》が急激にふくれあがった。

「ああ、出そうだ。イキますよ」

「ぁあああ、ください……あんっ、あんっ、あんっ……イキます。イク、イク、イッちゃう！　やぁああああ！」

檸檬が部屋中に響きわたる声をあげた。

鉄平にしがみつきながらも、グーンと大きくのけぞり、やがて、がくん、がくんと躍りあがった。

鉄平は男液が噴き出るのを感じて、寸前に抜き取った。

白濁液が檸檬の巨乳に飛び散り、白い塊《かたまり》がとろっとふくらみを流れ落ちていった。

3

鉄平がシャワーを浴びて、バスルームを出ると、鞠子と檸檬が一糸まとわぬ姿でベッドで睦《むつ》み合っていた。

（これが、レズビアンの愛し方か……！）

鞠子が上になって、檸檬と濃厚なキスを交わしながら、ミドルレングスのさらさらの髪と美しい曲線を描く柔肌《やわはだ》を撫でさすっている。

鞠子の顔がおりていって、乳首に達した。

淡い桃色にぬめる突起を丁寧に舐め、舌で弾く。

「あっ……あっ……ぁあああ、鞠子さま、気持ちいい……」

檸檬が心から感じているような声を洩らして、顎を反らせる。

それから、鞠子は乳首から下腹部へと顔をおろしていき、檸檬の足をつかんで、がばっと開かせた。あらわになったつるつるのヴィーナスの丘を舐めおろし、狭間《はざま》にしゃぶりついた。

上下に舐めてから、クリトリスを丹念に舌で刺激する。

すると、檸檬はそれを全身で受けとめて、

「ぁああ、あああああ……気持ちいい……おかしくなる。おかしくなる……はぁあああああ……」

両手でシーツを掻きむしって、悦びをあらわにする。

と、鞠子が動いた。

檸檬の足の間に自分の足を交差させて、檸檬の足を引っ張った。

これはセックスの体位で言えば、たぶん四十八手のうちの松葉くずしだ。

松葉が反対を向いて、その根元で接するみたいに、二人はお互い足を持ち、引き寄せる。

そうしながら、くなり、くなりと腰を揺らめかして、陰部を擦りつけあう。

（おぉ、いやらしすぎる……！）

無毛のつるっとした恥丘と、びっしりと濃い陰毛の密生したオマ×コが、重なって、擦れあい、ネチッ、グチュと淫靡な音を立てている。

檸檬の足をがしっとつかんだ鞠子が引き寄せながら、自分から大きく腰を振って、陰部を擦りつける。

そして、檸檬はすらりと長い鞠子の足を舐め、キスしながら、自分も恥肉を擦りつけて、

「ぁああ、あああぁ……」

艶《なま》めかしい声を洩らす。

白蛇がからみあっているような淫《みだ》らな光景に、鉄平の分身はそそりたつ。

そのとき、まさかのことが起こった。

これまでとは一転して、檸檬が鞠子を攻めはじめたのだ。

鞠子に耳打ちされて、檸檬はサイドテーブルに置いてあったペニスバンドを手に取り、それを付けた。

貞操帯《ていそうたい》みたいな形状をした基底部からは、想像したとおりに内側と外側に二本のディルドーが生えていた。

檸檬はその内側を向いたディルドーを自らの膣に嵌めて、「くっ！」と苦しそうに呻いた。

それから、ベルトを完全に装着する。

巨乳の美少女の股間から、黒光りする張形《はりがた》が見事な反りを見せて、そそりたっていた。

それを見た鞠子が「ふふっ」と笑い、仁王立ちした檸檬のいきりたつディルドーにしゃぶりついた。

亀頭部を頬張って、素早く顔を打ち振りながら、根元をつかんで、同じリズムでしごきたてる。

「ぁああ、鞠子さま……気持ちいい。あそこが……」

檸檬が訴えて、

「んっ、んっ、んっ……」

鞠子がつづけざまにディルドーをしごきながら、唇をすべらせる。

「ぁああ、あうぅぅ……」

「ちょうだい。檸檬のペニスでわたしを貫いて」

鞠子に言われて、檸檬がうなずいた。

鞠子はベッドに四つん這いになり、尻を揺すって、誘う。

檸檬は近づいていって、真後ろについた。そして、ペニスバンドからそそりっているディルドーを押し当てて、ゆっくりと腰を進めた。その直後、

「ぁあああ……入ってきた！」

鞠子が気持ち良さそうに顔をのけぞらせる。

シーツを鷲づかみにして震える鞠子を見ながら、檸檬が腰をつかいはじめた。

男がやるように、鞠子の細くくびれたウエストをつかみ寄せて、腰を突き出す。すると、二人の口からほぼ同時に、

「あっ……！　あっ……！」

感に堪《た》えないような艶めかしい声が洩れる。

これまでとは逆に、ペニスバンドをつけた檸檬がゆっくりと腰をつかいはじめる。

おびただしい蜜にまみれた黒光りするディルドーが、静かに鞠子の体内を後ろから犯して、それが出たり、入ったりする。

そして、抜き差しされるたびに、

「んっ……あっ……あっ……」

鞠子が艶めかしい声を放つ。

鉄平は二人の行為を凝視《ぎょうし》しながら、勃起を握りしごいた。あまりにも気持ち良すぎて、また放ちそうになり、あわててそれを抑える。

そのとき、鞠子が言った。

「鉄平、ひとりでシコってないで、こちらに来なさいよ。わたしがしゃぶってあげるから、早く！」

一条鞠子にフェラチオしてもらえるなんて、夢のようだ。

鉄平は嬉々《きき》として前にまわり、膝を突いて、いきりたちを鞠子の前に差し出した。

鞠子は一瞬にやっと微笑《ほほえ》み、それから、貪《むさぼ》りついてきた。一気に根元まで咥え込み、じゅぶっ、じゅぶっと派手な音を立てて、肉棹をしゃぶってくる。

肉体的な快楽以上に、本来の女王様が自分ごときのおチンチンをしゃぶっていることの精神的な悦びが大きかった。

そして、その間も檸檬は、後ろから腰をつかみ寄せて、ぐいぐいと人工ペニス

を鞠子の膣に打ち込みながら、

「あっ……あっ……ぁああん」

　と、華やいだ声を放つ。

　檸檬も突くごとに、体内に嵌まっている、内側を向いたディルドーから刺激を受け、イキそうになっているのかもしれない。

（ああ、俺に任せてくれれば、鞠子さんをイカせることができるかもしれないのに……）

　そう思いながら、イラマチオさせていると、

「ぁああ、あああ……もう、ダメッ……わたしのほうがイッちゃう……ダメ、ダメ、ダメっ……いやぁあああ、はうっ……」

　檸檬のほうが先に気を遣《や》って、へなへなっと崩れ落ちてしまった。

　それから、鉄平に向かって言った。

「わたしの代わりに、鞠子さまを……」

「いいんですか？」

　鉄平が鞠子に訊くと、

「いいわよ。でも、ちゃんとイカせてよ……早く」

ヒップを揺すって、ねだってくる。

鉄平は後ろにまわって、猛《たけ》りたつものを押し込んでいく。とろとろに蕩けた粘膜が勃起にまとわりついてきて、

「ぁああ、いい……鉄平のおチンチン、気持ちいいわよ。やっぱり、本物がいいわ。柔らかくて硬くて……血がドクドク流れている。脈動がわたしを突いてくる。ぁあああ、もっと、もっと強く！」

鞠子に求められて、鉄平は無我夢中で後ろから突く。

くびれたウエストをつかみ寄せながら、ぐいっ、ぐいっと叩き込んでいくと、鉄平のカチカチの肉棹が鞠子の蕩けた体内をしこたま突いて、

「あん、あんっ、あんっ……ぁあああ、きみの、気持ちいい……奥まで突いてくる。当たってる。子宮に当たってる……あん、あん、あん……」

「おぉう、鞠子さん！」

鉄平は遮二無二《しゃにむに》、腰を躍らせる。

これだけ激しくストロークしたら、普通はもう放っている。しかし、さっき射精したばかりなので、幸いにもいまだ射精の予兆はない。

鉄平は奥歯を食いしばって、いきりたちを叩き込んだ。

「あんっ、あんっ、あんっ……」

鞠子はよく響く声を放ち、こうしたほうが気持ちいいとばかりに、膝を大きく開いて、姿勢を低くした。両腕を肘《ひじ》まで突き、その上に顔を横向きに載せて、

「ぁああ、ああぁ……イキそう。鉄平、イキそう……」

尻をいっそう突き出してくる。

「おおおぅ……！」

鉄平が吼《ほ》えながら、連続して叩き込んだとき、

「イクぅ……！」

鞠子ががくがくっと震えながら、前に突っ伏していった。

昇りつめたのだ。しかし、鉄平はまだ放っていない。

はぁはぁはぁと呼吸を弾《はず》ませている鞠子を仰向けに寝かせた。

ふたたび挿入しながら、両膝をすくいあげる。

自分でもこんなことができてしまうのが不思議だった。すらりとした足をＭ字開脚させ、両腕を伸ばして突き、つっかい棒にする。

そのまま前傾して、ぐいぐいと硬直を打ち込んでいく。

「ぁあああ、すごいわ……鉄平、思ったよりすごい……上手よ。きみのおチンチ

ン、カチンカチン……」

鞠子が下から見あげてくる。

鉄平は上から打ちおろし、鞠子を見る。

反動をつけた一撃を叩きつけると、鞠子は「ぁあんん」と今にも泣きださんばかりに眉《まゆ》を八の字に折って、鉄平の腕につかまる。

女王様だと思っていた鞠子が、今はひとりの女性になり、自分のストロークに反応して、感じてくれている。そのことが、鉄平にはうれしい。

鉄平は同じ姿勢を保って、ひたすら突いた。

体重を載せたストロークを叩き込み、強弱をつける。

鞠子の反応がいい角度と深さや速さがあって、それを見きわめて腰をつかう。

「あっ、あんっ、あんっ……イキそう。イクわよ。イッていい？」

鞠子がさしせまった様子で訊いてくる。

「どうぞ、イッてください」

「鉄平、いいのよ、出しても。わたしは妊娠しないの。だから、なかに出してもいいのよ。ぁあああ、そうよ、そう……そのまま、そのまま……そうよ、そう……ぁあああ、来るわ。来る……ぁあああ、ちょうだい！」

鞠子がポニーテールの黒い髪を揺らしながら、ぎゅっとしがみついてきた。

「イキますよ。出します……そうら」

鉄平が射精覚悟でつづけて深いストロークを叩き込んだとき、

「あん、あん、あんっ……イク、イク、イッちゃう……」

鞠子が鉄平の腕をつかむ指に力を込めた。

「……やぁああああ、イクぅ……！」

鞠子は仄白《ほのじろ》い喉元《のどもと》をさらし、のけぞり返った。

「ぁああ、おおおぅ……！」

猛烈に腰を叩きつけたとき、
鉄平も歓喜の声をあげながら、放っていた。

そして、鞠子は迸《ほとばし》る精液を受け止めて、がくん、がくんと躍りあがっている。

「ぁあああ……！」

4

三人はシャワーを浴びた後、ルームサービスでランチを摂《と》った。部屋にサラダとサンドイッチを持ってきてもらい、ビールを呑みながら、食べる。

ひさしぶりにナマのペニスで昇りつめた檸檬は、今はベッドで寝ている。

鉄平と鞠子はバルコニーでビールを呑みながら、外の景色を眺めていた。

ちょうど正面に噴煙を上げる桜島が見えて、二つ連らなった山の一方からかすかな煙がたなびいている。

鉄平も鞠子も白いバスローブ姿でリラックスしている。

岸からも二人の姿は見えるはずだから、ヤバいことはできない。

それでも、こうして桜島を眺めながら、鞠子のような美人とビールを呑んでいるというだけで、幸せな気持ちになる。

「ありがとうね、ほんとうはオプショナルツアーに行きたかったでしょうに、わたしたちにつきあわせて」

鞠子が足を組み換えて、鉄平を見た。

髪をポニーテールに縛っていて、ととのった、きりっとした顔立ちには、さっきまでにはなかったやさしさがあふれている。

「いえ、愉しかったです。俺なんか、ほんとうにまだまだ経験不足だし……今日みたいなことを味わわせていただいただけで、すごく刺激的だし、勉強になりました」

「ほんと、いい子ね。玲奈さんが彼氏の代わりにきみを選んだのが、よくわかるわ……」

微笑んで、鞠子が片足を椅子の座面に置いた。すると、バスローブの裾《すそ》が乱れて、黒々とした繊毛《せんもう》とともに女の証《あかし》がのぞく。

「大丈夫よ。岸からは見えないから……」

そう言って、鞠子は足を微妙に開いたり、閉じたりしながら、会話をつづけた。

「檸檬が男の人とするのって、ほんとにひさしぶりなのよ。この前はまったく上手くいかなかったしね。わたし、初めて見たわ。檸檬が男の人とやって、イッたのを。だから、きみにはお礼を言わなくちゃね」

「いえ、俺なんか、ただ、してただけですから」

「でも、不思議よね。格別上手いわけでも、タフでもないのに、きみを相手にする女性はけっこうな確率でイクんじゃない？」

「どうなんでしょうか……正直言って、俺、玲奈さんが二人目の女性で……だから、檸檬さんと鞠子さんは三人目、四人目になります。それだけしか、女性を知らないんです」

「ふうん……すごいわね。きみ、ある種の天才かもしれないわよ。すごく感じがいいから、女性はきみに対して嫌悪感を抱くってことがないんじゃないかしら。気づいたら、女の懐《ふところ》に入っている感じ……きみはハプバーでも人気者になると思うな」

「いや、俺なんか、きっとこのクルーズが終わったら、玲奈さんにポイ捨てされると思います。それで、いいとも思います」

「きみ、玲奈さんに、リスペクトと憧れを抱いているようだけど、女として惚れているって感じじゃないよね。それは見ていて、わかるわ」

「……そうかもしれません」

「本命は、小松梓実でしょ？」

「……そんな、違いますよ。第一、梓実さんは磯崎先生がかわいがっていらっしゃるから、俺なんか出る幕がありません」

「そうかしら？　そうでもないと思うわよ……なかに入りましょうか」

鞠子は立ちあがって、サッシを開け、船室に入る。

窓際に置いてある半円形ソファに足を組んで座り、隣に鉄平に座るように勧める。

ビールをぐびっと呑んで、鞠子が大胆に足を開いて、言った。

「わたしにはわかるのよ、梓実ちゃんが傷ついているのが……たぶん、自分がどんどん汚くなっていくのを感じているんだと思う」

「どういうことですか？」

「磯崎先生は、梓実の庇護者《ひごしゃ》であり、精神的な支えでもある。でも、それはしょせんきれいごとで、二人はお金でつながっているのよ。簡単に言うと、梓実は自分のセックスを売っているの。それをするとね、女ってどんどん醜《みにく》くなっていくのよ。だから、梓実はほんとうは誰かに救ってほしいんだと思う。きみにね……」

鞠子はそう言って、じっと鉄平を見た。

「あの子は、鉄平が好きなのよ。きみも梓実が好きなんでしょ。だったら、救いだしてあげなさい。もちろん、きみには先生ほどの経済力はないでしょうけど、でもお金じゃないの。それに、磯崎先生だって、自分のしていることに内心は嫌悪感を抱いていると思うわ」

鉄平はどう答えていいのか、わからない。ただ、鞠子の言っていることは的を射ていると感じた。

「横浜で別れるまで、あと実質的には三日か……その間に、どうにかしなよ。そのときはわたしも協力してあげるから。わかった？」

「はい……」

「煮え切らないわね。ほんとうにわかった？」

「はい……！　やります」

「そう、それでいい……」

鞠子は破顔して、ソファの前にしゃがんだ。

鉄平のバスローブの前を開いたので、勃起したイチモツが頭を擡げる。

「さっきから、大きくしてたわよね。これだけいつも大きくしてくれると、女としてはありがたいのよ、すごく……自分のセックスアピールに自信が持てる……玲奈さんが帰ってくるまで、まだ二時間はあるし、檸檬はすやすや眠っている。こうなったら、やるしかないわよね。いや？」

そう訊きながら、鞠子の指はすでに勃起を握っている。

「いやではないです」

「回復力がすごいわね。最後にオージーパーティーをすると思うから、そのときに何人と何回できるか試してみたら？」

鞠子がしごきながら言う。

「……オージーパーティーって？」

「乱交パーティーのことよ。あらあら、乱交って聞いたら、ますます元気になった」

見あげて、「うふっ」と真っ白な歯をのぞかせ、鞠子が肉棹にしゃぶりついてきた。

鼻の下を長くするような格好で、大胆に勃起を頬張り、唇をすべらせる。

ジュブッ、ジュブッと勢いよく唇を往復させ、鉄平の足を持ちあげて、あらわになった睾丸《こうがん》を舐める。

ぬるっ、ぬるっと舌を走らせ、お稲荷《いなり》さんが唾液で濡れると、今度は頬張ってきた。

信じられなかった。

片方の睾丸が根元から咥えられて、見事に姿を消していた。

そして、口腔《こうこう》に吸い込んだ睾丸を、鞠子は舌で転がし、しゃぶる。そうしながら、いきりたちを握ってしごく。

「ぁあ、気持ちいいです」

思わず言うと、鞠子はにっと笑い、反対の睾丸を頬張った。

なかで舌をまとわりつかせながら、勃起を握りしごく。

途中で、ポニーテールのリボンを解いて、頭を振った。すると、長い黒髪がさらさらっと揺れて、肩や背中、胸のふくらみに扇状《おうぎじょう》に散る。

髪を解いたまま、鞠子は肉棹に唇をかぶせて、往復させる。

「きみの元気すぎるおチンチンを縛ってあげようか」

にこっとして、長い黒髪を茎胴にまわし、その上から握って、しごいてくる。

さらさらした黒髪が違和感をともなって、それがまた、新鮮で気持ちいい。

鞠子は髪の毛を一本抜いて、長い髪の毛を勃起に巻きつけはじめた。ぐるぐると何周かまわして、最後に交差させて、ぎゅっと引っ張った。

それから、唇をかぶせて、髪の毛ごと勃起を頬張ってくる。

ずりゅっ、ずりゅっと唇と舌でしごかれると、えも言われぬ快感がうねりあがってきた。

鞠子はちゅるっと吐き出して、口に付着した髪の毛を取り除くと、バスローブを脱いで、ソファにあがった。

腰かけている鉄平をまたぐようにして、いきりたっているものを翳《かげ》りの底に導

く。亀頭部を濡れ溝に擦りつけて、

「ぁああ、気持ちいい……きみのおチンチン、ほんとうに気持ちいい。媚薬《びやく》でも塗ってあるの？」

「いや、まさか……」

「じゃあ、天然の媚薬ね」

そう言って、鞠子は位置を確かめ、慎重に沈み込んでくる。

切っ先が熱く滾った女の祠《ほこら》を押し広げていく確かな感触があって、

「ぁあああ……気持ちいい。きみのおチンチン、気持ちいい！」

そう言って、鞠子がすぐに腰を振りはじめた。

鉄平の肩に手を突いて、バランスを取りながら、腰を前後に揺すって、擦りつけてくる。

ギンギンの分身が、鞠子の熱い祠に揉みくちゃにされて、根元から揺さぶられる。

これまでなら、もうこの段階で射精の前兆を知らせる点滅が起こる。しかし、もう二度も放っているせいか、いっこうに暴発の予感はない。

と、鞠子が顔を寄せてきた。

キスされる。唇と舌をねろり、ねろりとしゃぶられた。そうしながら、鞠子はぎゅっ、ぎゅっと鉄平のイチモツを締めつけてくる。絶対に意識的に締めているのだ。

硬直が内側へと吸い寄せられて、それがすごく気持ちいい。

鞠子がしがみつきながら、腰を縦に振る。

自分で激しく腰を上げ下げさせて、

「あんっ、あんっ、あんっ……」

喘ぎ声をスタッカートさせる。

すごい迫力だった。

目の前で、たわわな乳房が波打ち、腰が躍動している。そして、鉄平の分身も窮屈な肉路でしごかれて、急激に快感が高まる。

ふと、視線を感じて、ベッドのほうを見ると、檸檬が横臥して、じっとこちらを見ていた。見ながら、自ら乳房を揉みしだき、無毛の股間をいじって、

「くっ……くっ……」

声を押し殺しながら、腰をゆるやかに前後に振っていた。

「ふふっ、檸檬ったら、我慢できなくなって、自分でしてるわ。ねえ、このまま

ベッドに連れていって」

鞠子が言う。

（こういうときは、駅弁ファックだよな）

鉄平はつながったまま立ちあがり、しがみつく鞠子をベッドに連れて行く。

鞠子をベッドにおろして、仰向けのまま腰をつかっていると、それを見た檸檬が鞠子にキスをした。

鞠子もそれに応えて、檸檬の唇を貪り、舌をからませているのがわかる。

それから、檸檬はキスをおろしていき、鞠子の乳首にキスをする。形のいい乳房を揉みながら、突起を舌でれろれろと転がす。

「ぁああ、素敵……気持ちいいわ。檸檬のキスも、鉄平のおチンチンも……でも、わたしだけじゃ、つまらないわ。ねえ、檸檬、一緒に鉄平を懲《こ》らしめてあげましょうか」

鞠子は結合を外すと、鉄平を仰向けに寝かせた。

そして、向かって右側から、いきりたつ肉柱にチュッ、チュッとキスをする。

「檸檬、あなたは反対側から舐めてあげて」

「はい……うれしいです。鞠子さまと一緒におチンチンを舐められるなんて」

嬉々として、檸檬が向かって左側に位置して、肉柱の左側に舌を走らせる。

二人とも、鉄平の開いた足をまたぐようにして、肉棹をしゃぶっているので、乳房の先端が太腿を、二つの濡れ溝が向こう脛《ずね》を擦ってくる。

（ああ、夢なのか、俺は夢を見ているのか？）

この現実を受け止めきれない。

いや、これは紛《まぎ》れもなく現実だ。

その光景を目に焼きつけておこうと、首の後ろに枕を入れて、ぐっと頭の位置を高くする。その状態で、二人を見た。

鞠子がいっぱいに出した舌を、肉棹の向かって右側に走らせる。そして、檸檬は反対側を同じように舐めてくる。

鞠子が檸檬にキスをした。チュッ、チュッとついばむようなキスをしながら、鉄平のイチモツを握ってしごいてくれる。

そして、檸檬もキスに応じながら、睾丸袋をやわやわとあやしてくれる。

（そうか……レズビアンとの３Ｐって、こんな感じになるのか）

二人の美女にイチモツを舐めしゃぶってもらうことは、男の夢のひとつだろう。それを今、自分は体験しているのだ。しかも、この二人の美女はレズビアンなのだ——。

やがて、鞠子がキスをやめて、亀頭部に唇をかぶせてきた。

「んっ、んっ、んっ……」

艶めかしい唇を連続して往復させ、カリをしごいてくる。

巻きくるめた唇でカリを引っかけるように短くストロークされると、熱い快感がうねりあがってきた。

そのとき、檸檬が根元を握った。しなやかな指で血管の浮き出た茎胴をぎゅっ、ぎゅっとしごく。

それとリズムを合わせるように、鞠子に敏感な部分をつづけざまに擦られるうちに、ジーンとした痺《しび》れが込みあげてきた。

（まだ出るのか……今日、三度目だぞ！）

さすがに三度も射精してしまったら、きっと今夜はもう性欲が湧《わ》いてこないに違いない。

必死にこらえた。

そのとき、鞠子が言った。

「男の願望を叶えてあげようか？」

「えっ、ああ、はい……」

鞠子は檸檬に耳打ちして、二人は至近距離でベッドに四つん這いになった。

すごい光景だった。

二人のヒップが並んで突き出され、パイパンの割れ目と漆黒《しっこく》の翳りの恥丘がこちらに向かって、赤い内部をのぞかせている。

「ちょうだい。まずはわたしからね。その後は自由にしていいわよ。好きなほうに入れて……早くしないと、そろそろツアー客が船に戻ってくるわよ」

うなずいて、鉄平は鞠子の尻たぶの底に、屹立を埋め込んでいく。

よく練《ね》れた肉路がうごめきながら、からみついてきて、鉄平は奥歯を食いしばってこらえた。それから、ゆっくりと抜き差しをはじめる。

「あっ……あんっ……あんっ……いいわよ。鉄平のおチンチン、ちょうどいいのよ。硬さも太さも長さもちょうどいい。ぁあああ、気持ちいい……ぁあぅぅ」

鞠子は右手を腹のほうから伸ばして、結合部分に触れた。正確に言うと、巻き込まれたクリトリスを引っ張りだして、そこを指先でくるくると捏ねる。

「ぁああ、ねえ、ちょうだい。強く、突いて！　そうよ、そう……あんっ、あんっ、あんっ……ぁあああ、イッちゃう……イクわ……いやぁあああ！」

鞠子は嬌声をあげて、がくん、がくんと躍りあがり、どっと前に突っ伏していった。

鉄平はぎりぎりで射精をこらえた。

「ぁあぁ、檸檬にもください。ここに……」

檸檬が両手で外側から陰唇を開いた。フリルのように波打つふっくらした肉びらがひろがって、濃いピンクの粘膜があらわになる。

鉄平がそこに打ち込むと、

「ぁあぁあぁ……！」

檸檬が大きく喘いだ。

「うれしいの……鞠子さまのなかに入っていたものをいただけて、檸檬はすごくうれしいんです。わたし、男の人相手にイッたことがなかったんですよ。それなのに、さっき初めてイッた……鉄平さんのおチンチン、ぴったりなの。檸檬のオマ×コにぴったりなんだわ。ぁあぁあ、気持ちいい……イカせて。鞠子さまのようにわたしもイカせて」

檸檬が訴えてくる。

（そうか……じゃあ、俺も……出たら出たときだ……！）

鉄平は檸檬の左右の腕を後ろにまわさせて、前腕を握り、引っ張った。

檸檬の上体が浮きあがる。鉄平はこのアクロバティックな体位で檸檬を貫いていることに、ひどく昂奮した。

つづけざまに突きあげると、檸檬の様子がさしせまったものになった。

「あん、あん、あん……すごい、すごい……へんよ、へんなの……イクかもしれない。檸檬、またイクよ！」

「いいのよ。イカせてもらいなさい。イッていいのよ。イクところを見せて」

鞠子に言われて、

「はい……はい……鞠子さま、檸檬はまた、またイッてしまいます。やぁあああぁあぁあぁあ！」

鉄平が連続して突きあげたとき、檸檬は「イクぅ……！」と嬌声をあげて、のけぞった。

がくん、がくんと躍りあがる檸檬を後ろから支えたまま、もう一突きし、射精寸前に鉄平は結合を外して、白濁液を背中に噴きかけた。

第四章　甘美な洋上の饗宴

1

クルーズに出て四日目の朝、オーシャン・ヴィーナス号は長崎の五島列島《ごとうれっとう》にある福江港《ふくえこう》に入港した。

午後三時には福江港を出て、瀬戸内海の鞆《とも》の浦《うら》に向かう予定なのだが、その間に、五島列島を満喫するための様々なオプショナルツアーが用意してある。

木村鉄平は、昨日はレズビアンカップルの相手をしていて外に出られなかったから、ツアーに参加しようと思った。

今日は山科玲奈が船に残るという。

ちなみに、昨夜は夕食後に、十階のスポーツデッキで星座観測会が行われ、ハプバーの会員たち一行も参加した。その後、玲奈が疲れている鉄平に気をつかってくれたのか、

『今夜は何もしないで、ぐっすり眠りなさい。わたしはちょっと他の部屋で遊んでくるから』

そう言って、部屋を出て行った。どこに行ったのか気になったが、シャワーを浴びてベッドに横たわると、すぐに眠くなって、深い睡眠の底に落ちていた。お蔭で、昨日、二人を相手に三発出した疲労感も取れて、今日はまたエネルギーが全身に漲《みなぎ》っている。

鉄平が選んだのは『世界遺産・旧五輪教会堂《きゅうごりんきょうかいどう》と福江観光』という四時間半かかるオプショナルツアーで、鎌田季莉子と一緒だった。

二人はツアー客とともに福江港からチャーター船で、久賀島《ひさかじま》にある旧五輪教会堂に向かった。

幾つもの島が浮かぶ五島列島の海に来たのは初めてだったが、瀬戸内海に似て、穏やかでありながら幻想的で、鉄平は魅了された。海の緑が強く、まったりとうねっている感じだ。

見とれていると、隣の季莉子が島の名前などを詳しく教えてくれた。

季莉子は教徒というわけではないが、もともとキリスト教と教会が好きで、潜伏《せんぷく》キリシタンにも興味があるという。長崎や天草《あまくさ》地方の潜伏キリシタンにまつわる教会には、もう何度も来たことがあるらしい。

「わたし、体質的に仏教は合わないみたいなの。お寺を見ても何も感じないのに、教会はなかに足を踏み入れただけで、震えるのよ」

そう言う季莉子はナチュラルなショートヘアが似合うすっきりした美女で、顔立ちや造作《ぞうさく》のひとつひとつを取りあげたら、玲奈より美人かもしれない。

玲奈のほうを優美に感じてしまうのは、化粧の仕方とバストの大きさのせいだろう。

ノースリーブのワンピースにパーカーをはおった季莉子は、すらりとしたプロポーションをしている。海風がワンピースを股間に張りつかせて、その左右の太《ふと》腿《もも》と下腹部が作る凹《へこ》みがとてもエロチックだった。

「じつは俺もそうなんです。たぶん聖母マリアに憧《あこが》れているんだと思います。長崎の大浦天主堂《おおうらてんしゅどう》のマリア様の前に行くと、ひざまずいて、手を合わせたくなります」

鉄平はそう答える。事実だった。

「あらっ、そうなんだ。よかったわ、わたしと同じ人種がいて。そうよね、男の人はマリア様に惹《ひ》かれるわよね。何でも許してくれそうだし……わたしはね、イエス様が好きなのよ。あの磔《はりつけ》にされて、両手を十字架に打ちつけられて、苦しみながらも自分を貫《つらぬ》くイエス様が……。男も一緒。主義に自分を捧げる人が好きなのよ」

「鎌田さんも、そんな感じですよね」

「イエス様まではとても及ばないけど、何度摘発されても、挫《くじ》けずにハプバーをやりつづける鎌田が好きよ。助けてあげたくなる。キリストもそうだったけど、男の価値って、自分を助けてくれる者が何人いるかによって決まるんじゃないかしら？」

そう言って、季莉子は鉄平を見た。鉄平は自分を助けてくれる人などまだ誰もいないと思った。

「でも、この前同じことを鎌田に言ったら、それは、お前がマゾだから、そう思うんだって言われたわ。イエス様がいいって思えるのは、その人がマゾヒストだからだって……それもあるなって思ったわ。キリスト教って、どことなくSMっぽくない？　それに、教会ってすごくエロチックな空間のような気がする。もっと言うと、エクスタシー的空間なのよ。宗教的陶酔《とうすい》と恍惚《こうこつ》って、エロスそのものだって気がする。わたしがキリスト教を好きなのは、きっと陶酔と恍惚を求めているからなんだわ」

季莉子はそう言って、通りすぎる島々を眺める。そのととのった横顔は見とれるほどに凛々《りり》しい。

「きみはパッと見はすごく感じがいい優男《やさおとこ》だけど、本質的にはSのような気がする。女の人に騎乗位で攻められるより、上になってがんがん突いて、あんあん言わせたいんじゃない？　そんな気がする。わかるのよ、わたしはMだから、Sの人が……」

そう言って、季莉子が近づいてきた。

鉄平の右腕に身体を擦《こす》りつけるようにして、身元で囁《ささや》いた。

「今、うちのと玲奈さんは何をしていると思う？」

「えっ……鎌田さんも玲奈さんも船に残っているんですか？」

「そうよ。鎌田が今日は船にいると言ったから、玲奈さんは残ったのよ。二人になるために」

「……じゃあ、今頃、二人は？」

「確実にプレイしていると思うわ。昨晩から、二人は仲がよかったから」

「ああ、昨日はお二人の部屋にいたんですか？」

「でも、季莉子さんはそれでいいんですか？　パートナーが他の女とプレイしていても」

「かまわないわ。わたしたちはパートナーだけど、お互いに拘束《こうそく》はしないのよ……それに、プレイはプレイだから、あくまでも架空の出来事なのよ。本気で惚れられたら困るけど、たとえプレイでその気になられても、それが終われば自分のところに戻ってくると信じているの。それが、信頼感でしょ。その信頼感がなければ、スワッピングなんてできないわよ」

鉄平もそのとおりだと思った。

「もちろん、プレイでの拘束はするわよ。あの人はSでわたしはMだから……玲奈さんも本質的にはMでしょ？」

「そうかもしれません。ツンデレですから」

「きみもたいへんよね。ああいう我儘《わがまま》な女は男を振りまわすのが得意だから」

季莉子は周囲を見まわし、乗客が近くにいないことを確認して、左手で鉄平のズボンの股間をつかんだ。

ゆるゆるとしごいて、

「そうよ」

「わたしはね、アオカンプレイが好きなの。機会があったら、しようか？」

「はあ、でも、これから行くところは教会とか、神聖な場所が多いですから……俺、マリア様に怒られちゃいます」

「同じマリアでも、マグダラのマリアは罪深い娼婦《しょうふ》だったのよ。もうひとりのマリア様が、じつは罪深い娼婦だってことがわからないと、女性の正体はわからないわよ」

そう言いながら、季莉子は鉄平の股間をしごくので、分身はますます硬く、しこってくる。

（困った。ここで出すわけにもいかないし……でも、気持ちいい。五島列島の島々を眺めながら、フェラチオされたら最高だろうな）

うっとりと快感に酔いしれているとき、他の乗客がキャビンからデッキに出てきたので、季莉子はさっと手を離した。

風も強く、二人は船室に戻った。

しばらくして、小型のチャーター船は久賀島の漁港に到着した。

旧五輪教会はチャーター船が着いた埠頭《ふとう》から数十メートルのところにある。

瓦葺《かわらぶ》きの木造の平屋で、一見小屋にしか見えない建物だが、なかに入ると、印象はがらりと変わる。白い壁に、天井《てんじょう》をリブヴォールトのアーチで構築された教会は、質素でいながら力強く、潜伏キリシタンの秘めた力を充分に伝えてくる。

二人はガイドの説明を聞いて、祈りを捧げた。

この決して大きいとはいえないサイズ感にリアリティを感じた。

その前で合掌《がっしょう》するだけで、自分の体に、虐《しいた》げられてきた教徒たちの執念のようなものが漲ってくる。

「この教会のひっそりとした佇《たたず》まいと素朴さには、潜伏キリシタンのリアルを感じるわね。わたしはここ、好きよ。すごく」

ぎりぎりまでそこにいつづけた季莉子が、上履《うわば》きをローファに履きかえて明るい声を出した。

「そうですね。俺も好きです、ここは。すごく庶民的っていうか……」

「そうね。こんな教会があったら、通うわよね」

「はい……」

その後、一行は久賀島を出て、福江島に戻り、堂崎天主堂《どうざきてんしゅどう》に行った。

美しい海沿いに建つ、レンガ造りの教会で、禁教令《きんきょうれい》が廃止されてから、五島列島で初めて建てられたシンボル的教会である。ゴシック様式で、内部のステンドグラスは五島の花である椿《つばき》をモチーフにされている。

そして、なかは資料館にもなっていて、様々な迫害とその弾圧のなかを生き延びてきた隠れキリシタンの残した資料が並べられてある。

「きれいで落ち着いた教会だわ。でも、わたしがいちばん興味を惹かれるのは、この像ね」

季莉子が指差したのは、教会前に立てられている幾つかの像のうちのひとつだった。逞《たくま》しい半裸の男が十字架に磔にされているもので、隠れキリシタンのひとりだという。

「こういうのを見ると、息ができなくなるくらいに気持ちが昂《たかぶ》るのよ。わたし、へんなのかもしれないわね」

「いえ、へんじゃないと思います。人の苦しみや痛みに敏感なんだと思います」

「きみが好きなのは、あれでしょ？」

季莉子が指差したところには、緑を背景に純白のマリア様が両手を開いて、罪人を受け入れようとしている。

「そうです……でも、隠れキリシタンの苦悩もわかります」

「きみは面白いね……興味が湧《わ》いてきたわ」

季莉子が自分に好感を抱いてくれたのがわかった。

二人はわずかな残りの見学時間を、近くの海辺を散歩して過ごした。

それから、一行は五島うどんの昼食を摂《と》り、鬼岳《おにだけ》にのぼったところで自由時間になった。

緑の坊主頭のような鬼岳はこのへんの名所であり、標高があるので、海や島を眺めることができる。

芝生に覆《おお》われた丘陵《きゆうりよう》で寛《くつろ》いでいると、お手洗いに行っていた季莉子が戻ってきた。

「いいところがあったから、来て」

そう言って、鉄平の手を引いて、歩きだした。

連れて行かれたのは、展望台のトイレだった。

そこはこぎれいな男女共用の独立した個室のトイレだ。昼食後は賑わっていたが、今は展望台に来ている者はいない。

季莉子は周囲を見て、人がいないのを確認して、先に個室に入り、鉄平を連れ込んだ。

「あの……もし出るときに、人がいたら、マズいんじゃないですか？」

鉄平が問うと、

「そのときは、わたしの体調が悪くて、吐いていたという演技をするから、きみはそれに合わせて。わかった？」

「ああ、なるほど」

「じゃあ、きみはドアを背にして立ってて」

鉄平が言われたようにドアを背中にして内側を向くと、季莉子は洋式トイレの便座に座って、こちら側に上体を寄せてきた。

ズボンのベルトをゆるめ、ブリーフとともに膝《ひざ》までおろした。

いきりたつものを見て、

「角度と曲がり具合が尋常でないわね。こんなもので突きあげられたら、女は狂ってしまう」

季莉子はいきりたちを握って、ぎゅっ、ぎゅっと大胆にしごき、先端を舐《な》めてきた。便座に座って、ぐっと前屈し、尿道口を丹念《たんねん》に舐めた。

「ふふっ、オシッコの匂いがする。ぁあああ、愛《いと》おしいわ……」

季莉子は一気に途中まで頬張《ほおば》り、ジュルル、ジュルルと唾音とともに啜《すす》りあげる。

それから、さらに鉄平の腰を引き寄せ、根元まで咥《くわ》え込む。

ぐふっ、ぐふっと噎《む》せた。

それでも厭《いと》うことなく、もっとできるとばかりにさらに奥まで頬張ってくる。

唇が陰毛に接するまで勃起《ぼっき》を口におさめ、肩で息をする。

次の瞬間、何かが裏筋にからみついてきた。

それは、季莉子の舌だった。よく動く舌が裏の方を擦《こす》るようにして、ねっとりとまとわりついてくる。

「ぁああ、気持ちいいです」

鉄平は小声で率直な感想を口にする。

すると、季莉子は頬張ったまま顔を少し斜めにして上を向き、その角度で顔を打ち振った。

顔が斜めになっているから、亀頭部《きとうぶ》が頬の内側の粘膜を擦っていき、季莉子の繊細《せんさい》な頬がぷっくりとふくらむ。

ストロークするたびに、そのふくらみが移動する。

季莉子は自分で言っていたようにMだから、こういう醜《みにく》い顔を見せることに、羞恥心《しゅうちしん》とともに一種の悦《よろこ》びを覚えるのだろう。

ハミガキフェラのやり方ひとつ取っても、丁寧《ていねい》で献身的だ。

きっと季莉子は、男に尽くすことで、生きがいのようなものを見いだしているのだろう。

ちゅるっと肉棹《にくざお》を吐き出すと、右手で根元を握り、左手で睾丸《こうがん》を持ちあげるようにあやしながら、激しく屹立《きつりつ》をしごいた。

唾液まみれの肉柱をしなやかな長い指でしごきながら、くちゅ、くちゅ、くちゅと連続して擦る。

どう、気持ちいい――とでも問いたげに、見あげてきたので、

「すごく気持ちいいです」

鉄平は外には聞こえないように小声で言った。

すると、季莉子は目でうなずいて、唾液まみれの肉棹を頬張ってくる。途中まで咥えて、

「んっ、んっ、んっ……」

くぐもった声をスタッカートさせながら、根元を握りしごく。

途中でジュルル、ジュルルとわざと唾音を立てて吸い込み、唇を亀頭冠《きとうかん》に引っかけるようにして、小刻《こきざ》みに往復運動されると、ぐっと快感がうねりあがった。

「ぁあぁ、出そうです」

思わず言うと、季莉子はちゅっぱっと吐き出して、自分はラベンダー色のパンティをおろし、足先から抜き取った。

それから、洋式トイレのタンクにつかまって、ぐいと腰を突き出してくる。

鉄平がワンピースの裾《すそ》をまくりあげると、小麦色に焼けた肌に水着の跡だけが白く残ったヒップがこぼれでた。

「ぁあぁ、恥《は》ずかしくて、おかしくなりそう……見えてるでしょ?」

季莉子が尻をもじもじさせながら言う。

きっと、自分を辱《はずかし》めてもらいたいのだ思った。だから、鉄平を誘っているのだ。

「恥ずかしいですね。ケツの穴もオマ×コも丸見えですよ」

「ぁあぁ、もう、もう……」

季莉子は内股になり、踵《かかと》を持ちあげるようにして、くなり、くなりと腰をよじらせる。

鉄平は後ろにしゃがんで、尻たぶの谷間に舌を走らせる。左右の尻たぶをつかんで、ぐいと開かせ、あらわになったアヌスを見ながら、その下に舌を這《は》わせる。

すると、密生した陰毛が炎のように立ちのぼっていて、そのこちら側に、ふっくらとした鶏冠《とさか》に似た陰唇《いんしん》がからみあっていた。

その合わせ目に舌を這わせると、鶏冠が割れて、鮮紅色にぬめる粘膜がぬっと現れる。

狭間《はざま》をつづけざまに舐めるうちに、大量の蜜があふれて、

「ああ、あああ……気持ちいい……ぁあうぅぅ」

季莉子が小声で喘《あえ》ぐ。

鉄平はいったん周囲の様子をうかがって、人の気配がないことを確かめた。

立ちあがって、季莉子の尻を引き寄せながら、いきりたちをあてがった。尻たぶの底に押し当てて、慎重に腰を進めていくと、切っ先がとても窮屈な肉の道を押し広げていって、

「はうぅぅ……！」

季莉子が喘ぎを発して、あわてて口を押さえた。片手で口を封じながらも、挿《そう》

入《にゅう》の悦びを抑えられないとでもいうように、がくん、がくんと震える。膣《ちつ》がびくびくっと締まって、鉄平はその歓喜を歯を食いしばってこらえた。すごいオマ×コだった。挿入しただけで、膣壁が波立つようにうごめき、勃起《ぼっき》を締めつけてくる。

「ああ、締まってくる」

思わず言うと、もっとできるわよとばかりに、季莉子がオマ×コを意識的に締めつけてきた。

射精しそうになって、鉄平は動きを止める。

季莉子が焦《じ》れたように腰を振りはじめた。

タンクにつかまって、なるべく姿勢を低くしつつも、腰をせりあげる。その姿勢で内股になって、爪先立《つまさきだ》ちになる。

すると、膣がぎゅん、ぎゅん締まって、鉄平はこらえるだけで精一杯になってしまった。

しかし、洩《も》れそうで出ない。きっと、この数日で女性と何度もお手合わせをして、ペニスに耐久性がついたのだ。

（イケるんじゃないか……！）

おずおずと抽送《ちゅうそう》を開始した。

ゆるゆると抜き差しすると、粘膜が行き来する勃起にまとわりついてきて、ひどく具合がいい。

抜き差しするたびに、快感がふくれあがってきた。

だが、射精には至らない。

（よしよし、いいぞ）

鉄平は前に屈んで、ノースリーブのワンピースの袖口《そでぐち》から手を差し込んだ。ブラジャーごと乳房を揉《も》みしだき、乳首を捏《こ》ねてやる。すると季莉子は、

「ぁあああ、もっとイジめて……わたしをイジめて」

訴えてくる。

鉄平はブラジャーをずらして、じかに乳房をつかんだ。柔らかくて、たわわな乳房を荒々しく揉みつぶし、乳首をつまむ。

明らかにそこだけ硬くしこっている突起を人差し指と親指で挟みつけて、強めに圧迫しながら転がした。すると、一気に季莉子の気配が変わった。

「ぁああ、それ……それ、それ……ちょうだい。ちょうだい……ぁああ、ぶって……お尻をぎゅっとつかんで」

季莉子がせがんでくる。

さすがに、ぶつことはできなかった。外に尻ビンタの音が洩れたら、マズい。

尻たぶをぎゅっとつかんだ。

右手で乳首を捏ねまわし、左手で尻たぶを鷲《わし》づかみにする。そうやって、いきりたちを叩き込んだ。

「んっ……んっ……んっ……ダメ、イクぅ」

季莉子がのけぞり、内股になって、がくん、がくんと躍りあがった。

鉄平はまだ射精していない。いまだ健在な勃起で痙攣《けいれん》する膣を貫いたまま、季莉子の絶頂を感じていた。

2

夕食後、鉄平と玲奈に鎌田夫妻は、七階のメインラウンジで行われた『情熱のヴァイオリンコンサート』のライブを観た。

クルーズ客船の至るところで、常時、生演奏が行われていて、音楽と食事は豪華な船旅には欠かせない要素のように思えた。

玲奈と季莉子は、背中の広く開いたドレスを着ていて、とても優美でセクシーだ。

ヴァイオリニストは三十代前半の美女で、きらきらした衣装をつけていて、それが照明でいっそう煌《きら》めく。ざっくり開いたスリットからすらりとした脚が際《きわ》どいところまで見えてしまい、情熱的な演奏以上に、鉄平はその見事な脚線美が気になってしまった。

一時間ほどのコンサートが終わり、四人は鎌田夫妻の泊まっているロイヤルスイートルームに向かった。

十階に計四つしかない豪華な部屋は、バルコニーを含めた総面積が六十五平方メートルの広々とした間取りで、装飾はヨーロッパ風のエレガントな造りだ。ウォークインクロゼットとドレッサーがあり、高級な造りの大きなソファセットも置いてある。ツインベッドの寝室とリビングは衝立《ついたて》で区切られているが、それを動かせば、広々としたワンルームになる。

ルームサービスは無料で、インターネットやEメール専用のパソコンも設置してある。この部屋を使うには、おそらく想像を絶する金額が必要だろう。

自分も将来はこういう部屋を取れるくらいになりたいとは思うが、普通の会社員ではとても無理だ。チャンスがあるとすれば、会社を定年退職した後に、長年連れ添った妻と、退職金を注《つ》ぎ込んでのご褒美《ほうび》クルーズくらいか――。

想像したとき、脳裏に小松梓実の顔が浮かんだ。

（梓実ならいいのにな……）

やはり、自分は彼女が好きなのだと感じた。

四人はバルコニーに出て、ミニバーで季莉子が作った水割りを呑む。

現在、福江港を出たクルーズ客船は、九州の北の海を関門海峡《かんもんかいきょう》に向かって走っている。

すでに外は暗闇に沈んでいるが、時々、島の明かりが見える。

今日も快晴で、夜空には無数の星が煌めいているし、満月を過ぎたあたりの黄色い月も見える。

オーシャン・ヴィーナス号は、驚くほど揺れが少ない。とくに、上の階に行くほど、揺れもエンジン音も小さくなって、自分たちが船に乗っていることを忘れてしまうほどだ。

ロイヤルスイートだから、バルコニーもひろい。

鎌田がグラスをテーブルに置き、季莉子にキスをして、抱きしめる。それを見た玲奈も、鉄平に傾けた顔を近づけ、唇を合わせてくる。

玲奈はいまだ口にスコッチの水割りを含んでいて、キスをしながら、それを流し込んでくる。

鉄平もすっきりしたスコッチウイスキーをこくっ、こくっと嚥下《えんか》しながら、玲奈のしなやかな肢体を抱きしめる。

部屋の明かりが洩れて四人の様子は見えるはずだ。しかし、今は深夜で、近くに船もいないから、バルコニーでの痴態は誰にも見られないだろう。

玲奈が鉄平のズボンの股間をさすってくるので、鉄平もスリットの入ったドレスのサイドから手を忍ばせる。

ストッキングのすべすべした感触が太腿の途中で切れて、肌の感触に変わった。その上には、パンティを穿《は》いていたが、その中心は開いていて、じかに繊毛《せんもう》を感じる。

オープンクロッチ・パンティだろう。玲奈はコンサートの間も、この肝心な部分が開口している下着を穿いていたのだ。

そのことに強烈な刺激を受けながら、繊毛の下を撫《な》でると、肉の割れ目がひろがって、

「んんっ……！」

玲奈はキスをしながら、くぐもった声を洩らす。

(ああ、感じているんだ!)

鉄平は昂り、割れ目をなぞる。すると、そこがひろがって、ぬるぬるした粘膜が指にまとわりついてきた。

「ぁああ、ダメっ……したくなっちゃう」

玲奈がくなりと腰をよじって、ズボンの上から勃起を握りしごいた。

「鉄平、咥《くわ》えてもらうか?」

鎌田が言う。

「ああ、はい……」

「じゃあ、ここに立とう」

鎌田がサッシを背に海のほうを向いて、踏ん張り、腕を組んだ。

鉄平も同じように腕を組んで、海のほうを見た。ぼんやりと明かりが見えるのは、壱岐島《いきのしま》だろう。

玲奈と季莉子が顔を見合わせて、うなずいた。

玲奈は鉄平のベルトをゆるめ、ズボンをブリーフとともに膝までおろした。鋭角にそそりたっているものを見て、『いつも元気なのね』とでも言いたそうに鉄平を見あげた。

それから、ウエーブヘアをかきあげて、顔を寄せ、亀頭部にチュッ、チュッとキスをする。

茎胴を握って、ゆっくりとしごいた。そうしながら、亀頭冠《きとうかん》の真裏をちろちろと舐める。エラに引っかけるように唇を往復させ、手を離して、全体を口だけで頬張ってくる。

徐々にピッチをあげて、大きく摩擦されると、えも言われぬ快感がひろがってきた。

鉄平はうっとりと目を細めて、夜の日本海を見る。

暗くて、海と空の区別はつかない。

だが、月光を受けて、大量の小魚が跳《は》ねているように水面が煌めいている。それを眺めながら、分身をゆったりと唇と舌で擦られると、ここは天国かと錯覚してしまう。

横では、鎌田も同じように屹立を季莉子にしゃぶられて、うっとりと目を閉じている。

どのくらいの時間が経《た》っただろうか、季莉子が肉棹を吐き出して言った。

「ここは、わたしたちもクンニしてもらいましょうよ」

「そうね。いいわね」

二人が白い椅子に腰をおろした。

鎌田が最初に前にしゃがんで、季莉子の足を開かせ、ドレスを大きくまくりあげて、太腿の奥を舐めはじめた。

季莉子は太腿までのストッキングしか穿いていないようで、ノーパンの恥丘をせりあげて、

「ぁああ、気持ちいい……最高だわ」

心からの声をあげる。

鉄平も鎌田にならって、玲奈のドレスをたくしあげ、足を開かせて、オープンクロッチ・パンティの開口部に舌を走らせる。

そこはすでに潤《うる》んでいて、舌がぬるっとすべっていき、

「ぁああうぅ、いいわ。鉄平、気持ちいいわよ」

玲奈が心から感じているという声をあげる。

鎌田と鉄平は、海風を浴びながら、熱く滾《たぎ》っている箇所を丹念《たんねん》に舐めた。

フェンスは透明な強化ガラスになっていて、もしこれが沿岸の近くならば、二

人の男が二人の女性の足を開かせて、クンニをしている様《さま》がはっきりとわかるだろう。

クリトリスを舌で撥《は》ねて、吸うと、

「ぁあぅぅ……いいのよ。ぁあぁ、欲しくなった。鉄平、欲しくなった」

玲奈がせがんでくる。

四人はサッシを開けて客室に入り、そのままベッドに向かった。

「交換しようか」

鎌田が言った。

「そうね。そうしましょう」

季莉子はあっさりと承諾して、鉄平にチュッ、チュッとキスをしてから、いったん上体を立てて、ドレスを脱いだ。

黒い刺しゅう付きブラジャーが乳房を押しあげ、パンティは穿いておらず、太腿までの黒いストッキングが長い足を包んでいた。

季莉子は背中に手をまわして、ブラジャーを抜き取った。

直線的な上の斜面を下側の充実したふくらみが持ちあげた、エロい美乳がツンとせりだし、真ん中より少し上に赤い乳首がせりだしていた。

鉄平も急いで服と下着を脱いで、ベッドに横たわった。

季莉子が唇にキスをして、そのキスを胸板におろしていく。チュッ、チュッとついばみながら、股間のいきりたちを握り、乳首に唇を押しつける。

ぞくぞくしながら、隣のベッドに視線をやった。

すると、全裸の鎌田が、ドレスを脱いで赤いブラジャーとオープンクロッチ・パンティをつけた玲奈の足を持ちあげて、屈曲させ、あらわになった恥肉を舐めていた。

ジュルジュルと唾音を立てて、女の泉を啜り、

「ぁあうぅぅ……！」

それに応えて、玲奈がのけぞって、シーツを鷲づかみにした。

鎌田は丹念に肉びらを舐め、クリトリスを舌で転がしながら、巧みに膣口を指で愛撫している。玲奈はそれがいいのか、

「ぁあうぅぅ、ぁああああ、ぁああおおおぅ」

と、獣染《けものじ》みた声を放って、下腹部をせりあげている。

（ぁああ、玲奈さん、メチャ感じている。俺がするより、ずっと感じている！）

そう思ったとき、これまで意識したことのなかった嫉妬《しっと》のような熱い感情がひ

ろがってきた。

きっとこれが、寝取られたときの快感なのだと思った。

その女性を愛しているがゆえの、激しい嫉妬心と独占欲——。

鉄平は目が離せなくなって、愛撫されながら、じっと隣のベッドで玲奈が女の声をあげている様子を見ている。

すると、それに気づいたのか、

「ふふっ、ここが急にギンギンになったわ。きみもネトラレの快感がわかるようね」

季莉子が言って、顔を下半身へとおろしていった。

ついさっきまで玲奈が頬張っていた唾液まみれのイチモツを、ねろり、ねろりと舐めはじめる。

根元から亀頭冠までじっくりと舌を走らせ、裏筋ばかりか側面までを丹念に舐めあげる。

それから、一気に上から頬張ってきて、根元まで呑み込んだ。

適度な圧力で勃起を締めつけながら、大きく、速く、唇でしごかれると、甘い陶酔感がせりあがってきた。そのとき、

「あんっ、あんっ、あんっ……」

玲奈の喘ぎ声が聞こえた。隣のベッドを見ると、四つん這いになった玲奈が、後ろから打ち込まれて、大きく背中をしならせている。

鎌田は強く打ち据《す》えながら、いきなり、パチーンと尻を平手で叩いた。

「いやぁあああ……！」

玲奈が絶叫して、ウエーブヘアをばさっと躍らせる。

ぎゅっとシーツを鷲づかみにし、ぶるぶると震えている。

打擲《ちょうちゃく》された尻たぶが見る見る赤く染まり、一転して鎌田は、そこをやさしく撫でまわす。すると玲奈は、

「ぁああ、気持ちいい……気持ちいい……ぁああうぅぅ」

心底から感じているという声を出して、尻をくねらせる。

鎌田は、今度は反対側の尻たぶを叩いて、またそこをやさしく撫でまわした。

そうしながら、ゆったりとしたストロークで膣をうがつ。

そのピッチが急にあがって、鎌田は玲奈の両腕をつかんで後ろに引き寄せた。

上体が斜めまで引きあげられて、

「あんっ、あんっ、あんんっ……！」

玲奈は甲高《かんだか》く喘ぐ。

鎌田は両腕をつかんで後ろに引きながら、猛烈に腰を叩きつける。明らかに鉄平より野太いとわかる太棹が膣を深々とうがっていき、

「ぁあああ、あああぁ……いやぁああ、許して……もう、許してぇ……」

玲奈が泣いているような声で訴える。

「許せないな。お前のような女は許せない。これまで何人男を食い物にしてきた。我が儘を押し通して、振りまわしてきただろう。どうなんだ？」

「結果的にそうなったかもしれない。でも、わたしのせいじゃない。男がバカなのよ」

「よく言うよ。そうら！」

鎌田が後ろからつづけざまに突いた。

「あん、あん、あんっ……ぁあああああ、くぅ……くぅぅぅ……」

「そうら、これでどうだ！」

最後に反動をつけた一撃を叩き込まれて、

「あはっ……！」

玲奈はがくがくっと震えながら、前に突っ伏していく。

腹這いになった玲奈を追って、鎌田は両手を突き、腰をぐいぐいつかって、太棹を打ち込んでいく。

それを見ていた季莉子が、鉄平の下腹部をまたいだ。

いきりたっているものを翳《かげ》りの底に導いて、M字開脚したまま、一気に腰を沈めてきた。

いきりたちが熱い祠《ほこら》を押し広げていき、

「ぁあああ、カチンカチン……！」

季莉子が上体をまっすぐに立てた。

そして、腰を前後に打ち振る。

ぐいん、ぐいんと腰をくねらせて、熱い肉路で硬直を締めつけてくる。そして、両膝を完全に立てて、前に手を突き、腰を上下動させて、

「あんっ、あんっ、あんっ……」

甲高く喘ぎながら、尻を打ち据えてくる。

「おおぅ、ぁあああ……！」

鉄平が射精しそうになって奥歯を食いしばったとき、鎌田が近づいてきた。

3

「鉄平、しばらくおっ勃《た》てていろよ」

そう言って、鎌田は勃起させたものにコンドームをかぶせた。それから、チューブ入りのローションを取り出して、その半透明の液を季莉子の尻の谷間に塗りはじめた。

その冷たいローションが鉄平のイチモツにもしたたってくる。

「ど、どうするんですか？」

「季莉子のアヌスに入れるんだ。じつは、季莉子のここは調教ずみだ。挿入するときは、前と後ろと交互に入れているから、季莉子のケツはオマ×コと同じなんだ。だが、男が二人いないとできないことがある。それが何かわかるよな？」

「ひょっとして、この状態でアヌスに入れるんですか？」

「そうだ。前と後ろの穴にペニスを入れる」

そう言って、鎌田は鉄平の勃起が嵌まり込んでいる膣口の少し上にあるアヌスにローションを塗り込める。それから、人差し指に指サックを嵌めて、ローションを塗り、そのぬめ光る人差し指をアヌスに押し込む。

「いやぁあああ……許して。お願い……ぁあうぅぅ」

「そうら、あっという間に入ったぞ。俺の人差し指が根元まで入り込んだ。おおぅ、わかるぞ。鉄平のカチカチのチンコが、直腸を押しあげている。どうだ、鉄平もわかるだろう？」

鎌田の指が勃起を横になぞっている感触が伝わってくる。

それだけ、膣と直腸の隔壁は薄いのだろう。

「いやだと言っている割には、アヌスの粘膜が俺の指にからみついてくるぞ。熱くて、なかは焼けるようだ。まったりしていて、ぬるぬるだ。おおぅ、締まってきた。そうら、これでどうだ！」

鎌田が指を抜き差しすると、鉄平にも指の動きがわかる。ひどく気持ちがいい。それに、季莉子はあんなにいやがっていたのに、今はむしろ、自分から迎え入れて、腰を振り、ぎゅっ、ぎゅっと人差し指とともに、膣で鉄平の肉棹を締めつけるのだ。

「ぁあああ、あああ……ぁあああ、いいの。蕩《とろ》けていく。わたし、蕩けてしまう……ぁあああ、もっと、もっと太いのをちょうだい。あなたのブッといチンコをちょうだい。お願いします……」

季莉子が哀願して、鎌田が鉄平の足をまたいだ。

真後ろにつき、季莉子に腰を深く折り曲げさせ、尻を突き出させた。

鉄平の勃起はまっすぐに膣を貫いている。

鎌田はコンドームをかぶせたイチモツをアヌスの窄《すぼ》まりに押しつけて、ゆっくりと慎重に押してくる。

やはり、鉄平の肉棹が前に入っているので、後ろには入れにくいようだ。

何度も失敗を重ねていたが、やがて、

「おおぅ、入ったぞ」

嬉々《きき》として言い、なおも慎重に腰を進めた。

鉄平にも、勃起が季莉子のアヌスにすべり込む感触があった。

「ぁあああ……くぅぅぅ」

「そうら、もう少しだ。深呼吸しろ。息を吐け」

「はい……フーッ……ぁあうぅぅぅ！」

季莉子の身体がこわばり、鉄平にも後ろのほうにイチモツが嵌まり込んできたのがわかる。

「そうら、完全に入った。ピストンするぞ。鉄平はしばらくそのままにしていろ」

鎌田がゆっくりと腰を振りはじめた。

すると鉄平にも、野太くて硬いものが季莉子の後ろに入り込み、出ていく感触がはっきりと伝わってきた。

膣の締めつけがさっきより、キツくなっているのがわかる。

多少キツくとも、女性は前と後ろの穴に、男根を同時に受け入れることが可能らしい。そのとき、

「鉄平、突きあげてみろ」

鎌田が動きを止めて言った。

言われたように、鉄平はおずおずと腰をせりあげる。膣を勃起がうがち、同時に、鎌田のものを感じる。

鎌田がそれに合わせて、腰をつかいはじめた。

鉄平が膣を突きあげ、鎌田がアヌスを貫く。

「ぁあうぅ、くぅぅぅ……」

季莉子はさすがに苦しそうだった。挿入してじっとしていれば、大きな負荷はかからないのだが、ピストンされると、苦しさのほうが先に立つのだろう。

「ぁあぁ、くぅぅぅ……許して、もう、許して……お願い」

「許さない。お前なら、この苦痛を快感に変えられるはずだ。考えてみろ。お前は前と後ろの穴を二人に犯されているんだ。マゾとしては最高のご褒美じゃないか、そうだろ？」

「はい……最高のご褒美です」

「だったら、それを快楽に変えてみせろよ。そうら、イクぞ。鉄平もガンガン突きあげてやれ」

鎌田が上から覆いかぶさるようにアヌスを貫き、鉄平が下から勃起で膣を突きあげてやる。

「どうだ、気持ちいいだろ？」

「はい……気持ちいい。わたし、前と後ろを犯されてるのね。ブッとくて、硬いもので貫かれてる……ぁあぁあ、苦しい……でも、気持ちいいのよ……ぁあぁあ、おかしくなる。わたし、おかしくなる。もっとイジめて、貶《おとし》めてください。メチャクチャにして……ぁあぁあぁ、もっとよ！」

季莉子が狂ったように叫び、ぶるぶるっと痙攣をはじめた。

「イクんだな。季莉子、イクんだな」

「はい……わたし、イク……イク、イク、イク……イグぅ……やぁあああああああぁぁ！」

嬌声《きようせい》を聞いて、二人がほぼ同時に深々と貫いたとき、

「うはっ……！」

季莉子はシーツを鷲づかみにしてのけぞり、がくん、がくんと痙攣した。

4

ぐったりした季莉子は隣のベッドで横たわっている。

そして、鉄平は鎌田と力を合わせて、玲奈のアナルバージンを奪うことに決めた。

じつは、玲奈はアナルバージンだったが、今日の昼間に、鎌田はじっくりと時間をかけて、アヌスをほぐしたのだという。

「仕上げは鉄平に任せようと思ってね。きみも、上司のアナルバージンを奪えてうれしいだろ。俺の言うとおりにすれば、できるから」

鎌田にそう言われれば、鉄平だってその気になる。

鉄平が仰向けに寝ていると、玲奈が後ろ向きにまたがってきた。シックスナイ

ンの形である。

　玲奈は赤いオープンクロッチ・パンティの張りつく尻を向けて、鉄平のイチモツを頬張った。たっぷりと舐めてから、ジュルル、ジュルルと啜りながら、ストロークする。

　うねりあがる快感を必死にこらえて、鉄平は鎌田の指示どおりに、アヌスにローションを塗り、自分は指サックを人差し指につけて、アヌスとその周辺をマッサージする。

「んんんっ、んんんんっ……ぁあああ、気持ちいい……気持ちいいのよ」

　玲奈が喘ぎながら、尻を揺する。

　季莉子もアヌスをローションでなぞられると、気持ちいいと言っていた。おそらく、アヌスにも性感帯があるのだ。

「そのまま、人差し指を入れてみな。無理せずに、押し当てている感じだ。そうしていれば、玲奈のアヌスはお前の指を自然に呑み込んでいく。やってみろ」

　鎌田に言われて、鉄平は指サックを嵌めた人差し指をアヌスに押しつける。

　すると、幾重《いくえ》もの皺《しわ》を集めた窄まりがきゅっ、きゅっと締まって、指を内側へ吸い込もうとする。

（そうか。この吸引を利用すればいいんだな）

玲奈のアヌスが窄まるのを見はからって、指を強めに押しつけると、窄まりがひろがっていき、その火山口みたいな皺の凝集《ぎょうしゅう》のなかへと、人差し指が呑み込まれていく。

そのまま、ちょっと押すと、つるつるっとすべり込んでいって、

「あうぅぅ……！」

玲奈ががくんと顔をのけぞらせた。

見ると、人差し指が第二関節まで窄まりに嵌まり込んでいた。

（こんなに簡単に入るものなのか……！）

肛門括約筋《こうもんかつやくきん》が指全体を包み込んできて、少し動かすのも難しい。それでも、指先を曲げると、温かい粘膜のような内臓が指にからみついてくる。

その弾力あふれる感触やぬめり具合がたまらなかった。

言われるままにゆっくりとねじり、抜き差しをして、アヌスを拡張した。

「ぁああ、ああぁ……気持ちいい……」

と、玲奈は身を任せている。

よほど激しく衝撃を与えなければ、痛みはないようだ。むしろ、快感が生まれ

ているのだ。

「クリを舐めてやれよ。クンニしながら、アヌスを攻めろ。そうだ。親指が使えそうなら、親指を膣にぶち込んでやれ。そうしたら、三所攻《みところぜ》めになる」

鎌田が言った。

「やってみます！」

鉄平は頭の下に枕を敷いて、顔の角度を調節した。

それから、親指を膣口に押し込む。膣はすでにとろとろに蕩けていて、容易に親指を呑み込む。

親指は太いが、短い。したがって、そう奥深くうがつことはできない。それでも、浅瀬をかきまわすことはできる。

右手の人差し指と親指でコの字を作り、慎重にピストンする。すると、人差し指がアヌスを、親指が膣をうがっていき、

「ぁあああ、いいの……いい……もっと、もっとしてぇ」

玲奈は屹立を吐き出して言い、鉄平がクリトリスを舐めると、

「ぁあああ、すごい、すごい……どこを攻められているのか、わからなくなった。混乱して、わからない……ぁあああ、気持ちいい……ぁあああ、ぁあああ

ああ……うぐぐ、むむっ」

玲奈は湧きあがる快感をぶつけるように肉棹を頬張り、

「んっ、んっ、んっ……」

くぐもった声を洩らしながら、激しく上下にピストンさせる。途中で口のストロークをやめて、ただ頬張るだけになり、

「んんんっ、んんんっ、んんんんんっ……ぁあああ、ダメっ」

と、怒張《どちょう》を吐き出した。

「我慢できない。へんよ、へんなの。犯して……鉄平、わたしのお尻を犯してちょうだい。欲しいの、このカチンカチンをお尻に欲しいのよ」

玲奈はもうどうしていいのかわからないといった様子で尻をくねらせて、勃起を握りしごく。

鎌田がうなずいた。

鉄平は下から出て、玲奈を這わせた。

真後ろに膝を突いて、いきりたちを入れようとしたが、アヌスはオマ×コとは違って、なかなか受け入れてくれない。

焦《あせ》っていると、玲奈が後ろに手を伸ばして、勃起をつかんだ。そして、アヌス

へと導く。

「ここよ、このままちょうだい」

玲奈は勃起をつかんだまま、位置を定めている。

鉄平は落ち着け、落ち着けと自分に言い聞かせる。そして、ゆっくりと慎重に腰を入れていく。

これまでは弾《はじ》かれていたのに、切っ先が何かをつかまえたような感触があって、

「ぁあああ、入ってきた……そのまま、そのままちょうだい」

玲奈が訴えてくる。

鉄平がさらに腰を進めると、今度はイチモツがしっかりとホールドされる確かな感触があって、

「ぁあああああ……」

玲奈がシーツを鷲づかみにして、凄艶《せいえん》な声をあげる。

鉄平がおずおずと下を見ると、自分の肉棹が玲奈の尻の穴に嵌まり込んでいるのが、はっきりとわかった。

ゆっくりと抜き差しすると、半透明なコンドームの張りつく勃起がアヌスを出

入りしている様子がよく見えた。

（ああ、すごい！　信じられない。俺のおチンチンが玲奈さんのケツの穴にすっぽりと嵌まり込んでいる！）

オマ×コに挿入されるべきおチンチンが、玲奈のケツの穴に埋まっている。そのことがどこか不思議であり、自分は他の男とは違うことをしているという一種の優越感のようなものがせりあがってきた。

鉄平は勃起がケツの穴に出入りするところを見ながら、ゆっくりと抜き差しをする。

「ぁああ、いやいや……動かさないで。出そうなの……あれが出そうなの」

玲奈が訴えてくる。

「出ないよ。それは肛門が開いているから、そう錯覚するだけで、実際は出ないから安心しなさい」

鎌田が言う。

鉄平が静かにピストンすると、肛門括約筋が締めつけてきて、それだけで気持ちがいい。肛門の入口から括約筋が数センチあって、その途切れたところに直腸の粘膜があるのだろう。

　しばらく繰り返していると、それまで苦しげだった玲奈の洩らす声が変わった。

「ぁああ、ああぅぅ……気持ちいいわ。怖いけど、気持ちいいのよ」

「じゃあ、もう少しつづけますよ」

鉄平がさらにアナルファックをつづけると、玲奈は姿勢を低くして、尻だけを高く持ちあげるようなセクシーな格好になり、

「ぁああ、あああ、気持ちいい……気持ちいい……」

艶《なま》めかしい声を洩らす。

　それを聞いていた鎌田が前にまわって、玲奈の顔に勃起したペニスを突きつけた。すると、玲奈はこれが欲しくてたまらなかったとでもいうように、野太い屹立を頬張り、ジュルル、ジュルルと唾音を立てて、啜りたてる。

「イキたいか、このままイキたいか？」

　鎌田に訊かれて、玲奈はうなずく。

「鉄平、玲奈はおそらくアヌスではまだイケないから、いったん抜いて、コンドームを外したチンコをオマ×コにぶち込んでやれ。それから、親指に指サックをつけて、アヌスに入れろ。俺はその間、こうやって咥えさせている。そうすれ

ば、玲奈も気を遣《や》れる」

　鎌田が指示をしてくれる。

　鉄平はそのとおりに、アヌスから勃起を抜き、コンドームを外した。

　そそりたつイチモツを膣口に挿入し、親指に指サックをつけて、それを玲奈のアヌスに押し込んでいく。

「やぁあああ……！」

　玲奈が太棹を吐き出して、喘ぐ。

「どうした？　咥えられないほどに気持ちいいか？」

「はい……気持ちいい」

「あらゆる口にチンコを突っ込まれたいんだな？」

「……そうよ。口とヴァギナとアヌスにおチンチンを突っ込まれたいの。ギンギンのおチンチンを」

「そうら、ガンガン突いてやる。咥えろよ」

　鎌田が勃起を口許に当てると、玲奈はそれを頬張った。

「行くぞ。鉄平も犯してやれ」

　うなずいて、鉄平は腰を振って、膣に硬直を叩き込む。そうしながら、アヌスに差し込んだ親指で肛門括約筋を犯す。

そして、鎌田も玲奈の黒髪をつかんで、イラマチオしている。

強制フェラチオされて、玲奈は悶絶《もんぜつ》したように呻き、喘ぐ。そうやって凌辱《りょうじょく》されながらも、身を任せている。

「ガクンガクンして……イキそうか？」

鎌田に訊かれて、玲奈はうなずく。

「よし、イカせてやる。俺たちも出すぞ。くれてやる。玲奈に特別に濃いミルクをくれてやる。呑めよ、いいな」

鎌田が言って、鉄平を見た。

鉄平はうなずいて、徐々に打ち込みのピッチをあげていく。

アヌスに埋まった親指と勃起が間接的に擦れて、一気に快感が高まる。

「ぁああ、出そうだ。いいんですよ。玲奈さん、イッていいんですよ。気持ちいでしょ？　二人がかりで攻めたてられて、幸せでしょ？」

鉄平はそう言って、いっそう激しく突いた。

「うんっ、うんっ、うんっ……」

くぐもった声を洩らしていた玲奈が途中から、がくん、がくんと震えはじめた。

「イクのか？」

鎌田が訊きながら、イラマチオする。野太い肉棹を口腔《こうこう》深く迎え入れて、玲奈はうなずく。

「よし、イクぞ。出すぞ！」

鎌田がつづけざまに口腔を突いて、鉄平も負けじと膣奥に深いストロークを叩き込んだ。

（ぁあああ、最高だ。俺は今、あの山科玲奈を二人がかりで犯している！）

息を詰め、丹田《たんでん》に力をこめて、叩き込んだとき、

「うぐっ……！」

玲奈が昇りつめたのか、躍りあがった。

鎌田がその口に精液を放出して、「うっ」とこわばる。鉄平も、子宮に届けとばかりに切っ先を打ち込んだ直後、大量の男液をしぶかせていた。

第五章　オージーパーティーの彼方に

1

横浜を出港して五日目、オーシャン・ヴィーナス号は瀬戸内海の来島海峡大《くるしまかいきようおお》橋《はし》の下を通過した。

木村鉄平はしまなみ海道が大好きで、これまでにもツアーで来たことがある。大島と今治《いまばり》の間の来島海峡に架かる全長四キロの三連吊《つ》り橋は、朝陽を浴びて神々《こうごう》しく輝いている。

そして、今、鉄平の隣には小松梓実が立って、眩《まぶ》しいほどの朝陽が瀬戸内海と大橋を照らすのを眺めている。

食事前に「今から、当船は来島海峡大橋の下を通過します」というアナウンスを聞いて、船首のデッキにやってきた。そうしたら、ちょうどそこに梓実がいたのだ。他のメンバーの姿は見えない。

「きれいだね」

「ええ、きれい」

梓実が同じ言葉を返した。

シャープなボブヘアが、ととのった美しい顔をいっそう魅力的に見せていた。自分でも言っていたように映画『レオン』のマチルダそっくりだ。

そして、鉄平はナタリー・ポートマンが演じた役のなかでは、あのマチルダがいちばん好きだ。

「橋はこうやって、下から見ると、すごく迫力がある」

鉄平が声をかける。

「そうね。橋は渡るのもいいけど、こうやって下から見あげているときのほうが好き。壮大さが伝わってくる」

梓実が言って、上を向いた。ちょうど船が橋の真下を通るときで、最高の景観だった。

やがて、船が橋を過ぎ、周囲の乗客がひとり、またひとりと去っていく。鉄平は目の前にひろがる瀬戸内海の愛すべき光景を眺めながら、気になっていたことを訊《き》いた。

「今日の鞆の浦はどうするのかな。また、先生と一緒？」

船は午前十一時に鞆の浦の沖合に投錨《とうびょう》する予定で、それから、通船《つうせん》で鞆の浦に上陸して、四時間近くの自由時間を過ごすことになる。

ガイドがつくらしいが、オプショナルツアーはなく、基本的にはそれぞれが鞆の浦の町を自由散策することになる。

「先生は今日は船に残るらしいわ。疲れたとおっしゃっていたから」

「じゃあ、梓実さんは？」

「わたしは町に出るつもりよ」

「じゃあ、二人で行動しないか？　ここが最後の寄港地になるみたいだから、できれば、きみと町を歩きたい」

「……玲奈さんは？」

「たぶん、大丈夫。わかってくれるよ。玲奈さんは俺たちの味方だから」

「味方？」

「ああ……他のメンバーにもいるよ。きみが先生とこういう関係をつづけることに、疑問を抱いている人が」

「そうなの？」

「ああ……俺も、きみは先生と別れたほうがいいと思う」

「……そんなことを、鉄平さんに言われる筋合いはないわ。わたしは好きで、先生と一緒にいるの。お金のためじゃない。わたしを憐れだなんて思わないで」

梓実がきっぱりと言った。

「……わかった。もう、言わない。ただ、俺がきみのことを心から思っていることはわかってほしい」

「わかったわ。ありがとう」

「……それで、鞆の浦は一緒に行ってくれる？」

「いいわ。一緒に歩きたい。あそこは潮待ちの港として有名だけど、宮崎《みやざき》駿《はやお》監督が『崖《がけ》の上のポニョ』の構想を練ったところとしても知られているのよ」

「ああ、『ポーニョ、ポーニョ』ってやつだね？」

「ええ、かわいかった。ジブリはすごいわね。日本の至るところにジブリ映画の痕跡が残っている」

「そうだね。そういえば、宮崎監督が通いつめていたカフェで、ゼンザイを出しているらしいけど、行ってみる？」

「行きたいわ」

「じゃあ、一緒に行こう」

「……どんどん朝陽が昇ってくる。眩《まぶ》しいくらい」

「太陽ってすごいよな。夕陽だって、水平線の向こうに沈んでも、海や空をしばらくの間、照らしつづける。そのときの色の変化がいいよね」

「うん、わたしもそう思う。残照ほど神秘的な景色はないわ」

「俺たち、気が合うね」

「そうね」

梓実が肩に頭を預けてきたので、鉄平はその肩を抱き寄せた。

一行は朝食を摂《と》り、船が鞆の浦の沖合に投錨するのを待って、通船で、何組かに分かれて、鞆の浦に上陸した。

他のメンバーは各々でまわるらしい。山科玲奈に事情を話すと、『頑張ってね』と賛成してくれた。

鞆の浦は港を囲んだ小さな町で、寺社が多く、また、江戸・明治の古い商家などが多く保存されていて、全体がノスタルジックな雰囲気に満ちていた。

ここは、東西の潮流がぶつかる要地であり、昔はいい風や潮流を待つために多くの人々が逗留《とうりゅう》し、潮待ちの港として賑わったらしい。

桟橋《さんばし》に係留されているオモチャのような船は、坂本龍馬《さかもとりょうま》率いる海援隊《かいえんたい》のいろは丸を再現したもので、これに乗って湾岸を巡ることができる。

じつは、この近くでいろは丸が紀州藩《きしゅうはん》の軍艦と衝突して沈没し、その補償額の策定問題で龍馬が紀州藩と談判を行ったのが鞆の浦である。かなり多くの金額をぶんどったというから、龍馬はやはりなかなかの商売人だったようだ。そんな経緯《いきさつ》もあって、ここには坂本龍馬に関連する場所が数多く残されている。

二人は石段をあがっていき、山の上に建つ福禅寺《ふくぜんじ》の客殿である対潮楼《たいちょうろう》で、琴の演奏を聴いた。

和服を着た女性が琴を弾《ひ》いて、『春《はる》の海《うみ》』を演奏する。

海に浮かぶ島々の美を窓枠が一枚の絵画のように切り取ったその風景を、桟敷《さじき》に座って見ながら、二人は流麗な琴の音色を聴いた。

自分の隣に、梓実がいるのが、すごく大切なことのように思う。

それから、二人は海沿いを歩いた。

高さ十メートルの石造りの灯台である常夜灯や、雁木《がんぎ》の段々などは、古い港の様子をそのまま伝え、格子《こうし》の多い古びた町並みとともに、ここだけが時代に取り残されているような奇妙なエアポケット感を伝えてくる。

最後に、二人は宮崎監督が通いつめたというカフェを訪ねた。

カウンター席の多い、落ち着いた店内では、淑《しと》やかな雰囲気の美人女将《おかみ》がにこやかに対応してくれる。

ゼンザイは残念ながら冬場だけのメニューで、この時季にはなかった。

二人はコーヒーを頼み、とりとめのない話をする。どうでもいいようなことでも、梓実が相手だと会話が弾《はず》む。

梓実はぴったりとしたスキニーパンツで、白いスニーカーを履《は》き、ノースリーブにラッシュパーカーをはおっている。そのスポーティーな格好が清楚《せいそ》な梓実をかわいく、健康的に見せていた。

鉄平の勤めている会社が話題になった。鉄平は、飲料メーカーの営業マンとして、ようやく要領がつかめてきたことや、少しずつだが注文も取れるようになった……等々を話した。

「絶対に山科課長に負けない営業マンになってみせるよ。今はまだ東京の実家にいるけど、そろそろ自立しようと思っている。一応、自立するだけの経済力はあるしね……梓実さんは今、マンション？」

「ええ、ワンルームマンションだけど」

「そうか……いい物件が見つかったら、二人で一緒に住むという手もあるかもしれないね。そのときは、俺にすべて任せて欲しい……」

言うと、梓実はびっくりしたように目を見開いた。

「本気で言ってるの？」

「ああ、本気だよ」

「だって、鉄平さんはわたしのことまだ少ししか知らないでしょ。それに、わたしは今、こういう状況なのよ。どうしてそんなにやさしいの？」

「……好きなんだよ。それだけなんだ」

梓実はしばらく無言で、コーヒーを啜《すす》る。

居たたまれない雰囲気になって、二人はカフェを出た。オーシャン・ヴィーナス号への最終の通船までまだ時間があるので、町中を歩くことにした。

古い格子の平屋の商家や蔵が整然と並んでいて、懐かしい気持ちになる。

鉄平が手をつなごうとしても、梓実はいやがらなかった。無言のまま二人は、恋人つなぎをして、ノスタルジックな町並みをぶらぶらと歩いた。

蔵のような建物の脇に細い路地があって、鉄平はそこに梓実を連れ込んで、キスをする。

梓実は身を任せ、唇を重ね、鉄平を抱きしめてくれた。

ズボンの前がテントを張って、それを梓実はかるくなぞり、握ってしごいてくれる。

「昨日はゴメンなさいね。ほんとうは鉄平としたかったのよ」

耳元で囁《ささや》いた。

「俺もだよ。俺もしたかった……」

鉄平は我慢できなくなって、行き止まりになった路地の奥まで梓実を連れて行き、路地に背中を向けて立ち、梓実の肩を押した。

梓実は何をして欲しいのか理解したようで、自ら前にしゃがんで、ズボンのファスナーをおろし、ブリーフの開口部から肉柱を取り出した。

いきりたっているものを握ると、通りのほうを見て人影のないことを確かめ、唇をひろげて屹立《きつりつ》を途中まで頬張《ほおば》ってくる。

最初は誰かに見咎《みとが》められたらと不安だった。やがて、大きく顔を打ち振る梓実に、ずりゅっ、ずりゅっと怒張《どちょう》を唇と舌でしごかれると、周囲への不安が消えていった。

(ああ、気持ちいい……)

もたらされる陶酔感《とうすいかん》を鉄平は心から味わう。時代から取り残された、ノスタルジックな潮待ちの小さな港町で、自分は惚れた女の子にフェラチオされている。

梓実はこんなことまでしてくれるのだから、自分を嫌いではないと思う。

鉄平は二十四歳で梓実が二十二歳。カップルとしては年齢的にもぴったりだ。

磯崎は七十二歳だから、梓実とは五十歳も離れている。しかも、かつての教師と教え子なのだから、どう考えても二人の関係は尋常ではない。

(俺が救い出さないとな……ぁあああ、気持ち良すぎる……)

鉄平は一途《いちず》なフェラチオにうっとりと酔いしれた。

とうとう我慢できなくなって、言った。

「きみとしたい」

梓実はちゅるっと吐き出して、鉄平を見あげた。

「それはダメ」

「どうして?」

「鉄平さんが不幸になる。あなたをこれ以上、巻き込みたくないの」

「……俺は巻き込まれたいんだよ。きみを助けたいんだ」

きっぱりと言った。

梓実は何も答えずに、ふたたび頬張ってきた。今度は根元を握り、しごいて、それと同じリズムで亀頭冠《きとうかん》に唇を往復させる。

「いいのよ、出して……あなたのを呑《の》みたい」

梓実はいったん吐き出して言って、ふたたび咥《くわ》え込む。

手を離して、唇だけでしごいてくる。根元から切っ先まで大きく唇をすべらせながら、舌をからめてくる。

勃起《ぼっき》しきった表面から快感がひろがり、やかて、それが期待感へとふくらんでいった。

「ぁああ、ゴメン。出そうだ」

訴えると、梓実はふたたび根元を握り、強く擦《こす》りながら、先端のくびれを唇で引っかけるように素早くしごいてくる。

「ぁああ、ダメだ。出るよ、出る……」

言うと、梓実は頬張ったまま うなずき、

「んっ、んっ、んっ……」

力強く指と唇でしごいてくる。

熱い塊《かたまり》がふくれあがり、やがて、こらえきれなくなった。

「ぁああ、出るよ……ぁあああ」

鉄平は小さく吼《ほ》えながら、男液をしぶかせていた。

間欠泉《かんけつせん》のように、放出してはやみ、また放出する白濁液を、梓実は溜めることなく、こくっ、こくっと愛らしい音を立てて、嚥下《えんか》している。

最後にまた、肉棹《にくざお》を指でぎゅっと絞って尿道口を吸われ、鉄平は残りの液を一滴残らず、吸い尽くされた。

2

午後四時に錨《いかり》を上げて鞆の浦を出港した船は、瀬戸内海を進み、瀬戸大橋《せとおおはし》の下を潜り、午後十時には明石《あかし》海峡大橋を通過した。

五泊六日のクルーズの最後の夜、鎌田夫妻の宿泊するロイヤルスイートルームでは、ハプニングバーのゴールド会員によるパーティーが行われていた。

ラストナイトに待っていたのは、フリーな何の拘束《こうそく》もない、乱痴《らんち》気と乱交のオージーパーティーだった。

広々としたゴージャスな部屋には、鎌田夫妻に、一条鞠子と桐原檸檬のレズビアンの二人、磯崎博と小松梓実の歳の差カップル、そして、山科玲奈と木村鉄平の即席コンビが集まっていた。

ついさっきまでは、ルームサービスで取り寄せたシャンパンで乾杯をし、用意された食べ物をつまみながら、歓談して寛《くつろ》いでいた。

女性はそれぞれが用意した、華やかでセクシーな衣装を身につけ、男はワイシャツに黒いスーツを着ていた。

だが、時間が経過して、酔いがまわり、場が和《なご》んでくると、自然発生的にプレイがはじまった。

黒いオールインワンのボンデージ・ファッションでピンヒールを履いた鎌田季莉子が半円形のソファに座って、足を開き、ほぼ全裸で後ろ手にくくられた檸檬がその前にひざまずいて、オールインワンの股間を舐《な》めていた。

クロッチが外されて、あらわになった媚肉《びにく》を檸檬が一生懸命に舐めしゃぶっている。

そして、後ろに突き出された檸檬の尻の底を、レズビアン用の双頭のディルドーをつけた鞠子が犯している。

「んっ、んんんっ……」

膣《ちつ》を突かれた檸檬はくぐもった声を洩《も》らしながら、季莉子の女陰《じょいん》を舐めしゃぶり、その髪を季莉子が撫《な》でている。

そして、黒と白のメイドの衣装をつけた梓実が、鎌田の前にしゃがんで、そそりたっている肉柱を頬張り、ぐちゅぐちゅとスライドさせている。

それを見ている磯崎と鉄平の前にしゃがんだ玲奈が、磯崎のものを指でしごきながら、鉄平の勃起をしゃぶっていた。

鉄平は玲奈の巧妙なフェラチオを受けながら、どうしても視線を梓実から外すことができないでいた。

黒いメイド衣装はフレアミニのワンピースで、白いフリルの襟《えり》と白いエプロンがついている。

頭に赤いカチューシャをつけて、ミニから剝《む》き出しのヒップを突き出した梓実が一生懸命に鎌田のイチモツに唇をすべらせている。

そのとき、磯崎がいきなり話しかけてきた。

「きみは、梓実が好きなんだな？」

核心を突かれて、鉄平は戸惑った。しかし、ここは本心を告げるべきだ。

「好きです」

「そうか……今夜、梓実を初めて、他の男に抱かせようと思う。これまで私はぎりぎりのところで、挿入《そうにゅう》はさせなかった。だが、それは卑怯《ひきょう》なやり方なのかもしれない。私はネトラレだが、あくまでも想像上のネトラレであり、現実に梓実を他の男にゆだねる勇気はなかった。ほんとうに寝取られる気がしていたからだ。しかし、それは結局、私と梓実との二人の世界でしかない。そこに、他人を入れたらどうなのか、試してみたくなった。梓実に相手は誰がいいかと訊いたら、木村鉄平がいいと、きみじゃなきゃいやだと言った……梓実も自分がきみに愛されていることを知っているからだろう。私もそうやって、精神的な揺れがあったほうが嫉妬《しっと》する。嫉妬の炎で身を焼かれる。行く先はそこしかない。私はこれまで曖昧《あいまい》なことをして、お茶を濁してきた。私は心の底から打ちのめされたいんだ。やってくれるか？　今から、そこのベッドで」

「……そうおっしゃるなら。ただし、俺は本気でやりますよ。梓実さんをあなたから救い出すためにする。それでいいですね？」

「かまわない。言っておくが、私は梓実にこのパトロン状態を強要しているわけではない。梓実が選んでいるんだ。それだけは、わかってほしい……玲奈さんも一緒に来てくれませんか？」

話を聞いていた玲奈に向かって、言う。

「よろしいですよ」

玲奈が立ちあがった。

胸元と背中のひろく開いたドレスを身につけていて、スリットが太腿《ふともも》の上まで切れ込んでいた。

玲奈が鎌田のところに行って、耳打ちした。

鎌田がうなずいて、事情を話された梓実が立ちあがった。

白い太腿までのストッキングをガーターベルトで吊《つ》ったメイド衣装の梓実は、ぞくぞくするほどに愛らしく、魅力的だ。

鉄平は近づいていって、梓実を横抱きにした。

お姫様抱っこをすると、梓実が大きく目を見開きながらも、うれしそうにしがみついてくる。歩いていき、衝立《ついたて》の向こうにあるツインベッドのひとつに梓実を静かに寝かせた。

すぐに、玲奈と磯崎がやってきて、隣のベッドに座った。二人ともワイングラスを持って、赤ワインを呑みながら、こちらを見ている。

だが、今の鉄平にとっては、二人がどうしていようと関係ない。

正直なところ、もし会が乱交パーティーじみてきて、梓実が危ない目にあいそうになったら、彼女を救いだして、部屋を出るつもりだった。

ラッキーにも磯崎は鉄平が梓実を抱くのを許してくれたのだ。これ以上の展開はない。上手くいきすぎて、怖いくらいだ。

だが、どうなるかわからない。この前のように、途中で磯崎が交代を要求してくるかもしれない。そうなったら、これはあくまでもお互いの了承のもとで成り立っているプレイなので、彼の言うことを聞かなければいけない。ここでは、梓実のご主人様は磯崎博なのだ――。

鉄平は服を脱いで、裸になった。それから、梓実に覆《おお》いかぶさっていき、キスをする。唇をついばみながら、メイド衣装の胸のふくらみを揉《も》みしだいた。

すると、梓実は一途に舌をからめ、吸い、鉄平の腰に足を巻きつけてくる。

隣のベッドのことは気にしないようにした。

梓実とのキスに集中して、自分の気持ちを伝えようと情熱的に唇を重ね、舌を吸う。ねろり、ねろりと舌をまとわりつかせると、梓実も貪《むさぼ》るように唇に吸いつき、鉄平を抱き寄せる。

やはり、好きな女性とのキスは違う。

脳味噌が蕩《とろ》けていくようで、隣のベッドの二人の存在が急速に意識から遠ざかっていく。

すると、梓実はキスをしながら、右手を下腹部に伸ばして、鉄平のいきりたっているものを握った。

唇を重ね、舌をからみつかせながらも、大切なものを扱うようにやさしく繊細《せんさい》に勃起を握って、ゆるやかにしごいてくる。

（ぁあぁ、気持ちがいい……梓実が相手だと、何をされても気持ちいい）

鉄平はしばらくキスをつづけ、そのキスを顎《あご》から首すじへとおろしていく。

「ぁあああ……」

梓実が哀切《あいせつ》な声を洩らして、顎をせりあげる。あらわになった首すじを舐めおろして、そのまま、鎖骨《さこつ》へと舌を走らせる。

白いフリルの襟のついたメイド服から、仄白《ほのじろ》い胸元や肩がこぼれ、そこはすべすべで、舐めていても気持ちがいい。

メイド服の上から胸のふくらみをつかんだ。ノーブラのそこは柔らかく沈み込んで、頂上には硬くしこった突起がせりだしていた。

それを服の上から捏《こ》ねると、乳首はますます硬く飛び出してきて、

「ぁああ、あうぅぅ……気持ちいい。鉄平、それ気持ちいい……ぁああうぅぅ」

梓実がぐぐっと顔をのけぞらせる。

鉄平はメイド服の上から乳首を舐めた。

唾液が吸い込まれていき、黒い布地が乳首に張りつき、形がくっきりと浮かびでてきた。

そこを指で捏ねながら、もう一方の乳首を舐めて吸う。こちらも唾液が沁《し》み込んで、突起の形が浮かびあがる。

左右の乳首を交互に舐め、捏ねる。それをつづけていると、

「ぁああ、あああぁ……いいの。いいのよ……ぁああ、あうぅぅ……触って。ここも触って……」

梓実がぐいぐいと下腹部をせりあげる。

鉄平は右手をおろしていき、フレアミニのワンピースの裾《すそ》をめくりあげる。梓実は白いストッキングを白のガーターベルトで吊っていて、パンティは穿《は》いていなかった。

若草のような薄い繊毛《せんもう》がやわやわと生え、ふっくらとした下半身の唇がせめぎ

あうようにして、大切な箇所を護《まも》っていた。

そこに指を添えて、狭間《はざま》をなぞった。さすりながら、乳首を吸う。

ふと思いついて、梓実に両手をあげさせた。

あらわになった腋《わき》の下はつるつるだった。腋窩《えきか》に舌を這《は》わせる。

甘酸っぱい芳香《ほうこう》を嗅ぎながら、窪《くぼ》みを舐めた。少ししょっぱいが、味はむしろ甘く感じる。

しばらく、そこを舐めながら、下腹部の潤《うる》みをなぞりつづけていると、

「ぁああ、あああ……」

梓実は陶酔したような声をあげ、恥丘をせりあげた。

中指が割れ目に吸い込まれていき、その湿った部分がやがて、ぬるっ、ぬるっとすべり、

「気持ちいい……鉄平、気持ちいいわ……ぁあああああ、もっと、もっとして……」

あからさまなことを言って、梓実は濡れ溝を擦りつけてくる。

鉄平は下腹部を指で擦りながら、腋の下を二の腕にかけて舐めあげていく。柔らかな二の腕に舌がすべっていき、

「あああ……！」

梓実は初々《ういうい》しくもエロチックな声をあげて、顎を突きあげる。

額《ひたい》のところで一直線に切り揃えられた前髪が乱れ、おでこが出て、愛らしさが増している。

眉根《まゆね》を寄せて、顔をのけぞらせる梓実は、清楚《せいそ》さのなかにも大人の色気が感じられて、最高にエロくてかわいい。

鉄平はメイド服のふわっとした袖《そで》から腕を抜き取って、もろ肌脱ぎにする。

黒い服が腰までさがって、ノーブラの乳房があらわになった。

ちょうどいい大きさで、乳首のツンとせりだした胸のふくらみが存在を主張していた。乳輪と乳首は淡く、透《す》きとおるようなピンクだ。

「両手を頭の上に……そう。そのまま、おろしてはダメだよ」

言うと、梓実は右手で左の手首をつかんで、頭の上で手をつなぐ。

無防備に胸と腋の下をさらして、恥ずかしそうに顔をそむけているボブヘアの梓実を、限りなく愛《いと》おしい存在に感じた。

柔らかな乳房を揉みあげておいて、頂《いただき》にキスをする。チュッ、チュッとついばむようにすると、

「んっ……んっ……ぁあああうぅ」

梓実は両手を頭上でつないだまま、顔をのけぞらせる。

乳首がますます硬くなって、そこを周囲から舐めていく。

青い血管が透け出るほどに薄く張りつめた乳肌を、愛情込めて揉みあげながら、舌を乳輪に届かせる。

粒立《つぶだ》っている乳輪に舌が触れただけで、

「あんっ……！」

梓実はびくっとして、跳《は》ねる。

前にも思ったのだが、梓実は乳首がとても敏感だ。

乳房を揉みながら、頂を舐めた。

ゆっくりと上下に舌を這わせ、左右に素早く舌を打ちつける。全体を頬張って、ゆっくりと吐き出すと、

「ぁああ……！」

梓実は鋭く反応して、顎をせりあげる。

唾液で濡れた乳首はいっそういやらしさを増して、そこをちろちろと舐めているうちに、円柱形に伸びてきた。

それを指の腹で挟んで、転がす。

左右にねじり、トップに舌を走らせると、梓実の様子が一気に変わった。

「ぁあああ……はぅぅぅ……ぁああ、あああああ、欲しい」

押しつけるように胸をせりあげ、同時に尻を揺する。左右への焦《じ》れったそうな揺れが、上下動に変わった。

鉄平は右手をおろしていき、メイド服のフレアミニをたくしあげ、なかに忍ばせた。

やわやわした薄い繊毛の下で、女の媚肉《びにく》が息づいている。濡れた割れ目を中指でなぞる。

すると、梓実は媚肉をぐいぐいと擦りつけて、

「ぁああ、ああああ、ください。もう欲しい……鉄平のおチンチンが欲しい」

と、せがんでくる。

鉄平は下半身のほうにまわって、足を開かせる。膝《ひざ》を持っているように言うと、梓実はおずおずと自らの膝をつかんで、ひろげた。

ものすごい光景だった。

白いエプロンの張りつくフレアミニがめくれて、むっちりとした足が屈曲して

開き、その奥にやわやわした繊毛とともに女の肉園がのぞいている。

鉄平は顔を寄せて、狭間を舐めた。

淫蜜でぬめる粘膜に舌を走らせていると、陰唇《いんしん》がひろがり、赤い内部が姿を現した。

「はうぅぅ……！」

梓実が差し迫った声を洩らして、顔を横に振る。

鉄平はつづけざまに粘膜を舐め、上方の肉芽《にくが》にも舌を走らせる。鞘《さや》を剝くと、濃い珊瑚色《さんごいろ》にぬめる本体が飛び出してきた。まずはその周辺を舐める。それだけで、

「ぁあああ、ください……焦らさないで。お願いします。じかに舐めてください……ぁああ、ああうぅぅ……」

梓実はさかんにヴィーナスの丘をせりあげて、せがんでくる。

鉄平は注文どおりに、直接、肉の真珠《しんじゅ》を舐めた。鞘を上へと引っ張りあげて、剝き出しにした紅玉を舌でなぞりあげる。

ひと舐めするごとに、梓実は「あっ、あっ」と短く喘《あえ》ぎ、持ちあげて開いた膝を開閉する。

鉄平は敏感な真珠を舌でなぞり、撥《は》ねながら、膣口に指を添えた。ぐちゃぐちゃの入口付近をなぞり、大きく周回させると、粘膜がせりだしてきて、

「ぁああ、あああ……それ……したくなっちゃう。欲しくなる」

梓実が訴えてくる。

鉄平は中指を膣の途中まで入れて、内部を攪拌《かくはん》した。とろとろした粘膜をかき混ぜながら、クリトリスを舐めて、吸う。

陰核《いんかく》を細かく刺激しながら、膣の浅瀬に中指を出し入れすると、梓実の様子がいっきに逼迫《ひっぱく》してきた。

「ぁああ、あああああ、ダメっ……もう我慢できない。ダメなの、わたし。すぐに我慢できなくなるの。硬いもので奥まで貫《つらぬ》いてください。ぁああ、欲しい。鉄平、欲しい」

梓実は腰を上げ下げしながら、訴えてくる。

鉄平も猛烈に挿入したくなった。だが、やってもらいたいことがあった。

「その前に、おしゃぶりしてくれないか？」

梓実はこくんとうなずいた。

3

仰臥《ぎようが》した鉄平の足の間にしゃがんで、梓実はいきりたつものにキスをする。チュッ、チュッと亀頭部に窄《すぼ》めた唇を押しつけ、それから、亀頭冠に沿ってぐるりと舐めてくる。

ちらりと鉄平を見あげ、根元のほうから裏筋を舐めあげてきた。ツーッ、ツーッと敏感な裏をなぞりあげられると、ぞわぞわっとした戦慄《せんりつ》が走り、分身がいっそうギンとしてくる。

それから、梓実は上から頬張り、唇をかぶせてくる。

静かに根元まで咥えて、そこから、ゆったりと吸いあげる。いっぱいに吸っていることが、その頬の凹《へこ》みでわかる。両頬をぺこりとさせながら、梓実は顔を打ち振る。

ちょうどいい具合に圧迫してくる唇が表面をすべり、梓実はちゅっぱっと吐き出した。それから、顔を横向けて、ハーモニカを吹くように勃起に唇をすべらせる。

その間も、じっと鉄平を見つづけている。潤んだ瞳がきらきらと輝いていて、その活気ある表情がたまらなかった。

持ちあがった腰のメイド衣装がはだけて、ナマのお尻がこぼれている。白いガーターベルトが太腿に伸び、太腿の途中から白いストッキングがすらりとした足を包んでいる。

「自分で膝を持っていて」

梓実はそう言って、鉄平に膝を抱えさせる。

あらわになった睾丸袋《こうがんぶくろ》に舌を這わせ、頬張ってきた。

梓実は片方のキンタマを口におさめ、なかで舌をからめた。そうしながら、いきりたちを握って、しごいてくる。

（ああ、こんなことまで……！）

申し訳ないという気持ちと、ここまでしてくれることへの感謝の思いが同居する。

だが、それだけではなかった。

梓実はキンタマを頬張ったまま、もう片方も反対側から口におさめる。つまり、両方のキンタマをまとめて頬張っているのだ。

信じられなかった。梓実の口は大きいとは思えない。むしろ、小さいほうだ。

その口で、男のキンタマを二つとも大胆に頬張るとは——。

（おぉ、すごい……！）

物理的な快感よりも、精神的な感謝の気持ちが強かった。

しかし、梓実はさすがに口中がキツくなったようで、ちゅるっと吐き出して、その下のほうを舐めてきた。

会陰《えいん》からアヌスにかけて、ぬるっ、ぬるっと舌でなぞられると、初めて味わう快感が走り抜けた。

それから、梓実は裏筋を舌でなぞりあげていって、上から唇をかぶせた。

ぐっと奥まで頬張って、えずきながらも、亀頭部を吸いあげる。

ねっとりと舌を裏のほうにからめて、擦ってくる。

今度は右手でイチモツを握ってきた。

根元をつかんで、ゆったりとしごく。唾液を落として、それを全体に塗り込める。

ぐちゅぐちゅと卑猥《ひわい》な音を立てて、太棹を握りしごき、わずかに余っている包皮を押しさげた。

ピンと張って、敏感になった亀頭冠の裏をちろちろと舌先であやし、それから、頬張ってきた。

唇で巻きくるめるように亀頭冠を刺激し、小刻《こきざ》みに顔を打ち振った。

唇と歯茎がちょうどカリとその裏に当たって、疼《うず》くような快感がうねりあがってくる。

「ぁああ、ダメだ。気持ち良すぎる」

思わず言うと、梓実は肉棹を吐き出して、肩で呼吸をしながら、

「欲しいです。これが欲しい……」

一直線に切り揃えられた前髪のすぐ下にある、大きな目で訴えてくる。

鉄平は梓実を仰向《あおむ》けに寝かせて、膝をすくいあげた。

ちらりと横を見ると、磯崎が今にも飛びかかりそうな顔でこちらを見ている。

だが、磯崎が動けないのは、玲奈が股間のものを激しく口でしごいているからだろう。玲奈は顔を打ち振りながら、茎胴を長い指で握りしごいている。

鉄平はやるしかないと感じた。

片足を放して、勃起に指を添え、梓実の狭間に押し当てた。ぬるり、ぬるりとすべらせると、それだけで、

「ぁああ、気持ちいい……鉄平、気持ちいい……欲しい。このおチンチンが欲

しい。ください。今すぐください！」

梓実が哀願して、鉄平が腰を入れようとしたとき、

「やめろ！　やめてくれ……さっきのは取り消しだ。しないでくれ！」

磯崎が必死の形相《ぎょうそう》で叫んだ。

鉄平は迷った。

こちらに近づこうとした磯崎が、玲奈に押されて、後ろに倒れた。

「おい、何をする！」

「決めたことを変えてはダメよ。それが、先生が煮え切らないところなのよ。意気地がないのよ。究《きわ》めないと行き詰まるわよ。梓実は先生を裏切らない。その信頼関係が築けないなら、別れたほうがいいんじゃない……先生、こんなにギンギンにさせて。嫉妬することでしか昂奮できないのね。いいんじゃないの、それで。もっと嫉妬で身悶《みもだ》えして、乱れればいいんだわ」

玲奈が磯崎にまたがって、いきりたっているものを導き、腰を落とした。

野太い勃起が玲奈の体内に吸い込まれていって、二人がほぼ同時に喘いだ。すぐに玲奈が腰をつかいはじめて、その下で磯崎が呻《うめ》いた。

それを見て、

「いくぞ。入れるよ」

鉄平は梓実に言う。

「はい、ください！」

怒張に指を添えて、腰を進めたとき、それが熱い坩堝《るつぼ》を押し広げていく確かな感触があって、

「うはあぁぁ……！」

梓実が大きく顔をのけぞらせた。

「くうぅぅ……！」

と、鉄平も奥歯を食いしばっていた。それほどに、梓実の体内は温かく、蕩けていて、しかも、粘膜がざわめきながらからみついてくるのだ。

「ああ、すごい……梓実のここはすごく具合がいい！」

「ぁああ、鉄平のおチンチンもすごく硬い……男の人のおチンチンってこんなにカチンカチンなのね。知らなかったわ。逞《たくま》しくて、太くて、長くて、反り返って硬い……あああ、ぁあああうぅぅ」

梓実が言って、枕の縁をつかむ。

鉄平は膝の裏をつかんで、押し広げながら、膝を腹部に押しつける。

すると、梓実は身体が思いの外《ほか》柔軟で、膝が大きく開き、盛りあがった恥丘の底に、肉棹がずぶっ、ずぶっと埋まっていくのがわかる。

抜き差しをするたびに、恥丘が勃起の形にふくらんでいる。

「あっ、あっ、あんっ、あんっ……！」

梓実は愛らしく喘ぎ、顎をせりあげる。

打ち込むたびに、形のいい乳房が波打つ。持ちあげられた白いストッキングに包まれた足の親指が反《そ》りかえり、内側に折り曲げられる。

鉄平は梓実の反応をうかがいながら、浅いところを繰り返し抜き差ししたり、深いところにズンッと突き刺したりしていく。

このクルーズに出てから、何度も女体を抱いた。その甲斐《かい》あってか、少しはセックスがわかってきたような気がする。

膣の浅いところの上側にGスポット、膣の奥にポルチオという、女性の二大性感帯がある。

女性の多くはGスポットで感じるし、何割かは奥のポルチオでイクのだ。

梓実は少なくともGスポットでは感じるようだが、奥でイクかどうかはわからない。しかし、今の鉄平の性技では、相手の性感帯を考えるより先に、自分の欲求が勝ってしまう。

ほんとうは奥を思い切り突きたい。しかし、それをしたら、鉄平が先にイッてしまう。

射精をこらえて、Gスポットを中心に擦りあげた。

両手で膝裏をつかんで押し広げ、ぐい、ぐいと押し込みながら、上のほうのGスポットを擦りあげるようにする。

それをつづけていると、梓実はさらに感じてきたのか、枕の縁を両手でぎゅっとつかみ、顎をせりあげて、

「あっ、あっ……あんっ、あんっ……」

幸せそうに喘ぐ。

「気持ちいい？」

「はい……気持ちいい……蕩けていくわ。わたし、蕩けちゃう」

「どうしてほしい？」

「このままでいい。このまま、ずっとして……永遠にこうしていて。ぁあああ、気持ちいい……気持ちいい」

鉄平は言われたように、同じ行為を繰り返す。

膣がどんどん馴染《なじ》んでくる。ますます勃起にからみついてきて、やさしく包まれながらも、しごかれているような感覚が気持ちいい。

鉄平はもっと一体化したくなった。

両手を離して、梓実に重なっていく。すると、梓実がキスしてきた。

鉄平も唇を合わせる。ぷにっとした唇が気持ちいい。二人の舌がねっとりとからみあう。

二人の唾液が混ざり合い、性器も結合していて、身も心もひとつに溶け合っていく。

たっぷりとキスをしてから、顔を離し、腕立て伏せの形で屹立を押し込んでいった。

とろとろに蕩けた粘膜がまったりとからみついてきて、それを押し退けるように打ち込んでいくと、下腹部で熱い快感が育ち、

「ぁああ、ああうぅぅ……気持ちいい。気持ちいい……ぁああうぅぅ」

梓実は鉄平の腕をつかんで、顔をのけぞらせる。

メイド服のフレアミニがめくれあがり、白いストッキングに包まれた足がM字に開いて、鉄平の腰を受け入れている。

「そんなに気持ちいい？」

「はい……気持ちいい。熱いの。あそこが熱い。焼けてしまいそう……」

「いいんだよ。焼けちゃって……」

鉄平は背中を折り曲げて、乳房にしゃぶりついた。

右手でふくらみを揉みしだき、乳首を指で捏ねながら、もう片方の乳首にしゃぶりつく。舌で弾《はじ》き、吸い、吐き出し、周囲を舐める。

そうしながら、かるく腰をピストンさせる。

こんなこと、クルーズ客船に乗るまでは、まったくできなかった。自分はこの船のなかで確実に成長している。

鉄平は乳房から顔をあげて、上体を起こした。

膝の裏をつかんで、つづけざまに上からえぐり込むと、いきりたちがぐさっ、ぐさっと深いところに嵌《は》まり込んでいって、

「あんっ、あんっ、あんっ……ぁあああ、イキそう。鉄平、イキそう」

梓実はぶるん、ぶるるんと乳房を波打たせながら、今にも泣きだしそうに眉を八の字に折って、訴えてきた。

「いいですよ。イッて……いいですよ」

梓実に昇りつめてほしくて、鉄平は力を込める。

そのとき、隣のベッドから磯崎の声が聞こえた。

「やめろ。梓実、イクな。イクんじゃない。他の男でイカないでくれ！」

見ると、磯崎は仰臥して、二人のほうを悲しそうな目で見ていた。

こちらに来られないのは、磯崎の上で玲奈が腰を叩きつけているからだ。玲奈は足をM字に開き、上から腰を落とし込んで、屹立を攻めている。

「自分勝手なことを言うんじゃないよ。チンコをギンギンにしてるくせに。あんたは自分のかわいい恋人が他の男にやられて、イクのを愉《たの》しんでいるんだよ。ネトラレなんだよ。それを完全に認めなさい。あんたもイカせてやるよ。出しなさい。出していいんだよ。自分のいい子を寝取られて、イクのを見ながら、自分もイクんだよ。あんたはそういう男なんだよ」

玲奈がますます活発に腰を上下動させて、グラインドさせる。

「おおぅ、やめてくれ……やめろ……ぁあああ、くおおおぅぅ」

磯崎が快楽に支配されていくのを見て、鉄平は梓実をイカせることに集中する。

もっと深く打ち込みたかった。とことん奥まで貫いて、梓実を自分のものにしたかった。

左右の足を肩にかけて、ぐっと前に屈んだ。

すると、梓実の柔軟な肢体が腰から二つに折れて、鉄平の顔の真下に、梓実のゆがんだ顔が見えた。

ごく自然に屹立が深いところに嵌まり込んでいって、梓実は苦しそうに眉を折り曲げる。

「苦しいなら、やめるよ」

「苦しいけど、好きよ。もっと梓実を貫いて。わたしを鉄平の女にして。わたしを捕らえて、逃がさないで。いいのよ、わたしをあげる」

梓実の言葉が鉄平を突き動かした。

「梓実は俺の女だ。俺の女になってくれ。俺の女に……」

鉄平は両足を肩にかけて、ぐっと前傾し、上から屹立を打ちおろした。梓実の尻が浮きあがり、そこに全体重を乗せた一撃が突き刺さると、

「あうぅぅ……あぐぐ！」

梓実は凄艶《せいえん》な声を洩らして、一突きするごとにベッドの上方へとずりあがっていく。

ずりあがるのを防ごうと、梓実は鉄平の腕にしがみついた。肘《ひじ》のあたりを握って、鉄平を見る。

鉄平はつづけざまにえぐり込む。打ちおろしながら、途中からしゃくりあげる。

すると、切っ先が膣肉を深々と貫きながらも、上の壁を擦りあげていき、さらに、子宮口へと届くのがわかる。

そして、一突きするたびに、梓実はもう声をあげられないほどに高まって、泣きだしそうな顔で鉄平の腕を握り、顔をのけぞらせる。

「……ぁあああ、ぁあああああああ……イクわ。イッていい？」

梓実が眉根を寄せて、訊いてくる。

「いいんだよ、イッて……イクところを見せてほしい。俺のペニスでイッてほしい。そうら！」

鉄平は射精覚悟で連続して、叩き込む。

一突きごとに甘美な愉悦《ゆえつ》がひろがり、汗が額からぽたぽたと滴《したた》って、梓実の顔面に落ちる。

だが、梓実はもう汗など気にならないようで、ストロークに反応して、身体をのけぞらしたり、縮めたりしている。

「いいよ、イッて……いいよ、イクんだ」

鉄平がたてつづけに腰を叩きつけたとき、

「あん、あんん、あんっ……イク、イク、イキます……やぁあああああぁぁぁぁぁ、イグぅ……！」

梓実は激しくのけぞり、大きく跳ねた。それから、精根尽き果てたようにぐったりとして微塵《みじん》も動かなくなった。

4

鉄平は奇跡的にいまだ放っていない。

きっと今日の昼に、鞆の浦の町で精液を梓実の口に放ったから、余裕があるのだろう。

磯崎は梓実が鉄平のペニスで昇りつめたことが、よほどショックだったのか、茫然自失《ぼうぜんじしつ》して、ぐったりした梓実を見ている。

「すごいわね。先生、いまだにギンギンなのよ……鉄平もまだ出していないんでしょ？」

玲奈に訊かれて、鉄平はうなずく。

「ふふっ、いいことを考えたわ。待っていて」

玲奈が腰を浮かして、ベッドから降り、衝立《ついたて》を開いて、向こう側に歩いていく。

鉄平にはソファで睦《むつ》み合っている四人の様子が見えた。

鎌田季莉子が双頭のディルドーを装着して、ほぼ全裸の檸檬を後ろから貫いていた。

そして、ペニスバンドをつけて腰をつかう季莉子を、後ろに立った夫の鎌田が短い九尾《きゅうび》の鞭《むち》を使って、叩いている。

背中や尻に、幾重にも分かれた柔らかなゴム製の鞭を浴びせられて、ビクン、ビクンと震えながらも、季莉子は檸檬を犯している。

そして、鞠子はソファに座って、足を大きく開き、翳りの底を愛奴《あいど》の檸檬に舐めさせていた。

二つのカップルが一体となって、ひとつの生命体のようにうごめいている。

それを見ていると、セックスという愛の営みでは何でもありなのだという気がした。そのバリエーションは無限にひろがっていくのかもしれない。

そこに、玲奈が戻ってきた。

今も、胸元と背中の大きく開いた、深いスリットの入ったセクシーなドレスをつけている。

持ってきたのは、昨夜、玲奈のアナルバージンを奪ったときの道具類だった。ローション、指サック、コンドーム、そして、玉が徐々に大きくなっていく紫色のディルドーのようなものがあった。鉄平が訊いた。

「それは……？」

「これで、梓実のアヌスを拡張して、アナルファックができるようになれば、新しい局面が開ける気がするのよ。梓実に、鉄平か先生かどちらかを選ばせる形がいちばんいいと思うの。でも、こういう手もあるんじゃないかしら。つまり、三人でひとつっていう……」

「俺が、その……梓実のアヌスを開発するんですか？」

「そういうことになるわね。でも大丈夫。見たところ、梓実はきれいなお尻の穴をしているし……できると思う。それに、鉄平は昨日、わたしのアヌスを開発したじゃない。自信を持っていいと思うわ……先生もそれでいいですね？　最後は先生のおチンチンを梓実のアヌスに挿入することになると思うけど……七十二歳でも、冒険しなくちゃ。いいですよね？」

玲奈の言葉には、逆らえない威圧感があった。

それに、ネトラレの磯崎にとっても、愛奴である梓実の前と後ろの穴を他の男と一緒に犯すのは、最高のシチュエーションのはずだ。

「わかった。いいだろう」

そう答える磯崎の言葉がかすかに震えている。

昇りつめてぐったりしている梓実に、「いいね？」と訊くと、

「お二人がいいのなら……でも、わたし、お尻は初めてだから、上手くできないかもしれない」

と、不安を口にした。

「大丈夫。怖がらなければ、できるから。心配いらないわ」

玲奈がそう梓実を説得して、メイド服を脱がせる。

梓実は白いストッキングを白のガーターベルトで吊っただけで、あとは何もつけていない。その抜けるように白く、たおやかな肢体は、少女と大人の女の要素を持ち合わせ、不思議なエロスに満ちていた。

「最初はシックスナインがいいんじゃないの？」

玲奈が言って、

「わかりました」

梓実が答えて、仰臥した鉄平をおずおずとまたいだ。ぷりっとした尻を向けて、鉄平の勃起をしゃぶってくる。

付着した愛蜜を丁寧《ていねい》かつ情熱的に舐められると、鉄平の分身はいっそうギンと力を漲らせた。

梓実は大きくなったイチモツをジュルル、ジュルルと悩ましい唾音を立てて、啜りたてる。

鉄平が気配を感じて隣のベッドを見ると、全裸になった玲奈が乳房や腹部にローションを塗って、そのぬめ光る身体で、仰臥している磯崎に折り重なっていた。

二人の肌がちゅるり、ちゅるりとすべっている。

玲奈が磯崎の太棹にたっぷりのローションを塗り込めて、なめらかにしごいている。

それを見て、鉄平も気持ちが昂《たかぶ》った。やはり、山科玲奈は自分がリスペクトする人で、彼女が他の男のイチモツをしごいているところを見ると、嫉妬もしくは独占欲の発露なのか、分身がギンと漲ってくるのだ。

目の前の梓実に集中する。

ペニスの進入を許して、昇りつめた梓実の花芯は今も閉じきらずに、肉びらがひろがっており、濃いピンクの粘膜が半ば姿を見せている。

その狭間を舐めあげると、

「んんんっ……」

梓実は鉄平の屹立を頬張ったまま、くぐもった声を洩らす。

何度も狭間に舌を走らせ、下方のクリトリスにも刺激を与えた。陰核をちろちろ舐めながら、膣口を指でいじった。

すると、梓実はうねりあがる快感をぶつけるように、激しく、情熱的に勃起を頬張り、啜りあげる。

梓実は性的にとてもタフで、貪欲《どんよく》だった。

そこで、鉄平はいったんクンニをやめて、攻撃目標を変える。

人差し指に指サックを嵌めて、チューブからローションを尻たぶの上のほうに垂らす。

流れてきた半透明の液をアヌスの周辺に塗り込めた。

梓実のアヌスは一切のふくらみや変形もなく、とてもきれいで、見事な窄《すぼ》まりを見せている。

周囲に塗り、さらに、中心にも延ばしていく。幾重もの皺《しわ》がうごめきながら、ひくひくっと収斂《しゅうれん》する。

窄まって、ひろがってくるとき、わずかに中心に弛《ゆる》んだ部分が生まれる。

（ここを狙えばよかったんだよな）

周辺を円を描くようになぞってから、窄まりの中心に人差し指を当てた。

ちょっと力を込めると、なかにめり込みそうになる。だが、それが怖いのか、

「ううう……いやっ」

と、梓実が拒《こば》んでしまう。

それはそうだろう。普通、ここはモノを外に押し出すところだ。外からなかへとモノを受け入れるのは、初めてだろう。

だが、ローションがそれを可能にしてくれる。

指サックをつけた人差し指をアヌスの中心に押し当てると、指先に梓実の呼吸を感じる。やはり、アヌスの切れ目に沿って指を縦にしたほうが、入りやすいようだ。

梓実が息を吸って吐き出す瞬間を見定めて、少し指先に力を加えたら、ぬるりと窄まりをこじ開けることができた。

第一関節まで入ると、今度は窄まりがそれを誘い込むように動いた。赤ん坊に吸われたように人差し指が吸い込まれていき、

「ぁあああ、すごい……！」

梓実が肉棹を吐き出して、顔を跳ねあげる。

やはり、人差し指のような細いものでも、アヌスに受け入れるのは、違和感があるのだろう。

それでも、梓実はいやがる素振りを見せないで、必死に耐えている。

いや、耐えるどころか、ぎゅっ、ぎゅっと尻を引き締めて、人差し指を奥へ奥へと呑み込もうとする。

鉄平は、梓実の受け入れようとする行為に感心しつつ、アヌスをひろげる手順に取りかかる。

指をぐるっとまわすと、肛門括約筋《こうもんかつやくきん》が指を締めつけてきて、

「やぁあああ……」

梓実が悲鳴をあげた。

鉄平は慎重に指の根っこまで人差し指を押し込んだ。締めつけてくる肛門括約筋の向こうには粘膜の海がひろがっていて、濡れたような内臓の壁が指にまとわりついてくる。

「ぁああ、ダメっ……それ、ダメっ……動かさないでぇ」

梓実が今にも泣きださんばかりに訴えてくる。

「梓実ちゃん、できたらおチンチンを咥えてくれないか。そのほうが、力が抜けると思うんだ」

言うと、梓実はうなずいた。

そして、いきりたちを頬張ってくる。

ずりゅっ、ずりゅっと大きく顔を打ち振って、勃起に唇をすべらせて、恐怖から逃れようとする。

鉄平はアヌスを指で攪拌《かくはん》しながら、割れ目とクリトリスを舐めた。ますます大きくなった肉豆にねろりねろりと舌をからませると、

「んんん、んんんんっ……ぁああ、気持ちいい……苦しいけど、気持ちいいの。どうして？」

梓実が吐き出した肉の塔をぎゅっと握ってくる。

「入れて欲しい？」

「ええ、欲しい。このカチカチが欲しい」

「それなら、このままずれていって、騎乗位のバックで入れよう」

アヌスから指を抜いて、鉄平は指示をする。

梓実が少しずつ前に進み、いきりたっている肉柱をつかんで割れ目に導き、ゆっくりと沈み込んでくる。

ギンとしたものが尻たぶの底に埋まっていって、

「はうぅぅ……！」

梓実はがくんと顔をのけぞらせる。

それから、もう一刻も待てないのか、腰を前後に振りはじめた。

そのローリングするような腰づかいがたまらなかった。

梓実が前に倒れて、足を舐めはじめた。

ちょうど位置的に舐めやすく、向こう脛《ずね》を膝から足首にかけて舌でなぞりあげる。すると、ぞわぞわっとした快感が起こって、それが全身に及ぶ。鳥肌立って、分身がますますそそりたった。

梓実は脛を舐めあげながら、乳房を太腿に擦りつけてくる。

乳房の頂上のコリッとした乳首を感じる。そして、敏感な乳首を擦りつけることが気持ちいいのか、梓実は一心不乱になって、向こう脛を上下に舐め、乳房の先をなすりつけてくる。

尽くされていると感じた。梓実は男にご奉仕をすることで、自分も悦《よろこ》びを覚えるタイプなのだ。そんな梓実が愛《いと》おしい。絶対に、自分の恋人にしたい——。

そう思うと、ただ一方的にされるだけでは、物足りなくなった。

鉄平は指サックをつけた人差し指を伸ばして、ローションを塗ったアヌスをさぐる。窄まりの中心にねらいを定め、梓実の呼吸を見はからって力を入れると、指がぬるぬるっとすべり込んでいき、

「あうぅぅ……！」

梓実が動きを止めて、上体をのけぞらせる。

これで、梓実は膣におチンチン、アヌスに指を受け入れたことになる。

「大丈夫？」

「ええ……」

「動かすよ、いいね？」

「はい……」

鉄平がゆるゆると指を抜き差しすると、自分の勃起の感触があった。

大きさや形を明確に感じる。ここを隔てる肉壁の厚さはどのくらいなのだろうか。ほんのわずかしかない感じだった。

痛みを与えないように慎重にピストンしていると、焦《じ》れたように梓実が自分から腰を振りはじめた。

向こう脛を舐めながら、腰を前後に振って、膣にペニスを、アヌスに指を受け入れて、

「ぁあああ、ぁあああああ……気持ちいいの。お尻も前も両方気持ちがいいの……ぁあああ、恥ずかしい。わたし、恥ずかしい……」

喘ぐように言いながら、梓実はさかんに腰を振り、向こう脛に舌を走らせる。

5

隣のベッドから、磯崎がやって来た。

白髪《しらが》の混ざった陰毛を突いて、おぞましいほどに長く節くれだった屹立が、七十二歳とは思えない角度でそそりたっている。

嫉妬と怒りを剝き出しにした表情で、落ち窪んでいながらもギラギラしている

細い目を梓実に向けた。

梓実がハッとしたように磯崎を見あげて、身体をこわばらせる。

「頼む、梓実。しゃぶってくれないか。頼むよ」

そう哀願して、磯崎がいきりたちを顔の前に差し出した。

梓実は一瞬、どうすべきか迷っているようだったが、やがて、上体を斜めにして、亀頭部にチュッ、チュッとついばむようなキスをした。

それから、唇をかぶせていく。ゆっくりと顔を振って、節くれだった肉柱を頬張る。

梓実はいったいどんな表情をしているのだろう……いやなのか、感じているのか――心のうちが、わからない。

「もっと低いところで咥えてくれ」

そう言って、磯崎が腰を落とした。

梓実はこのほうがしゃぶりやすいようだった。勃起を一生懸命に頬張り、顔を打ち振る。それと同じリズムで、腰も揺する。

梓実の膣には男根が、アヌスには人差し指が嵌まっている。全身が動くたびに、鉄平の勃起と指が膣とアヌスを犯す。

アヌスには透明な分泌物《ぶんぴつぶつ》が滲んで、肉棹の嵌まり込んだ膣口からも大量の蜜があふれている。

そしてさらに、梓実は磯崎のペニスをも頬張り、

「んんんっ、んんんっ……」

と、くぐもった声を洩らしている。

鉄平は人差し指をアヌスに出し入れしながら、いきりたつものを膣に打ち込んでいく。ゆっくりした動きが自然に速くなり、切っ先が奥をつづけざまに突くと、梓実が肉棹を吐き出した。

「ぁあんっ、あんっ、あんっ……あああ、気持ちいい……欲しい。お尻にもっと太いものが欲しい。これを、これをください」

そう言って、唾液にまみれた磯崎の肉柱をぎゅっと握った。

「……わかった。おチンチンを入れたままで、こちらを向いて」

鉄平は言って、アヌスから指を抜く。

梓実は上体を立てて、ゆっくりと時計回りで少しずつ移動して、ついには鉄平のほうを向いた。

「腰を振って……梓実が本能の赴《おもむ》くままにぐいぐい腰を振るところを見たい」

鉄平は思いを伝える。

すると、梓実は両膝を立ててM字に開き、腰を前後に揺すって、蕩けた膣を擦りつけてくる。

「ぁあああ、あああああ、気持ちいい……腰が勝手に動くの。ぁあうぅ」

「じゃあ、こっちに……キスをしよう」

梓実が屈み込んできて、二人は唇を合わせる。

舌をからめていると、山科玲奈の指示を受けた磯崎が梓実の後ろにしゃがんだ。

急角度でそそりたつ肉柱にコンドームをかぶせ、梓実のアヌスにローションを塗り込める。

「これでいいんだな？」

「はい……先生、そのまま慎重にじっくりと。急いだら、すべって入りません」

玲奈が言って、磯崎はうなずき、ゆっくりと腰を進める。だが、指と勃起したペニスでは、太さが全然違う。

それに、梓実の膣にはすでに鉄平の肉棹が入っているから、アヌスも狭くなっている。

「ダメだ。入らないぞ」

「大丈夫ですよ。わたしは昨日、この体位で受け入れました。初めてアナルセックスをしたんです。だから、できないことはありません。ゆっくりと焦《あせ》らないように……梓実、大丈夫よね？」

「はい……欲しい。先生のおチンチンをお尻に欲しい……ください、ください」

梓実が尻を突き出して、くなくなと揺する。

磯崎が再チャレンジする。腰を突き出しながら、言った。

「おっ、入っているんじゃないか？」

「ああ、入っています。そのまま、そのままで……」

「もう少しだ……頼む。入ってくれ」

磯崎が腰を突き出すと、鉄平のイチモツにも、硬いものがアヌスを押し割ってくる感触があった。

「やぁあああ……！」

梓実が悲鳴を噴きあげる。

「おおぅ、すごいぞ。入っている。梓実のケツに私のチンコがおさまっている。信じられん。信じられんよ」

「苦しい……破れそうよ。パチンと爆《は》ぜてしまいそう」

「そうか……そうまでして、梓実は二つの穴に嵌めてほしかったんだな？」

「はい……嵌めてほしかった。前と後ろに、すっぽりと……」

「かわいい顔をしているのに、梓実はヘンタイなんだな。男二人に同時に入れられて、気持ちいいか？」

「はい……気持ちいい……わたし、おかしくなりそう。こんなことして、わたし、きっともうおかしいんだわ。だって、すごくいいんだもの。二本のおチンチンに貫かれて、すごく気持ちいい……ぁあああ、もっと突きあげて、突き刺して……わたしをメチャクチャにして」

梓実が叫び、それを聞いた二人の男がストロークをはじめた。

鉄平は下から腰を跳ねあげて、屹立を膣に押し込んでいく。そして、磯崎は腰をつかみ寄せて、怒張を尻の穴に嵌め込んでいく。

二人の打ち込みが交互になったり、同時になることもある。

梓実の苦しげな喘ぎが徐々に大きくなり、ついには、

「ぁあああ、あんっ、あんっ……すごいの、すごいの……二つのおチンチンが奥まで貫いてくる。苦しいよ……わたし、もう死ぬ……キツいよ。死ぬほどキツい

よ。ぁああ、ぁあああああ、許して、もう、許して」

訴えてくる。

「ダメだ。許さない。そうだな、木村くん？」

磯崎が言って、

「ええ、許しません」

鉄平も同意する。

不思議な感情が交錯《こうさく》した。

二人はいわば恋敵《こいがたき》である。それなのに今は、協力して梓実をイカせようとしている——。

磯崎が言った。

「すごいぞ……こんなに昂奮したのは初めてだ。おぉぅ、梓実、梓実！」

最後は名前を呼びながら、屹立をアヌスに打ち込み、のけぞる。

鉄平は逆に梓実が可哀相になってきた。

前と後ろの穴にピストンされたらキツいだろうと、鉄平はじっとしている。だが、磯崎は何かにとり憑《つ》かれたように、激しく腰をつかって、肉棹を後ろの穴に打ち込んでいる。

「いやぁ、痛い……いや、いや、いや……」

「そうら、梓実。許さないと言っただろう。そうら……おおぅ、出そうだ。梓実、出そうだ」

「ああ、出してください。わたしのなかに出してください」

「信じられん。もう何年も生身の女性には射精できなかった。それなのに、出そうだ。おおぅ、信じられん。おお、おおおぅ！」

磯崎は吼えながら、腰を叩きつけている。

しばらくそれをつづけていたが、やがて、

「うあっ……！」

嬌声《きようせい》をあげて、のけぞった。のけぞりながら、がくん、がくんと躍りあがっている。

おそらく、射精したのだろう。ぶるぶるっと震えていたが、コンセントが抜けたように、ふわっと倒れ込んできた。

磯崎はしばらくその姿勢で息を荒らげていたが、やがて、梓実から離れて、ごろんとベッドに仰向けになった。

「はぁはぁはぁ……」

息を乱して、胸を喘がせる。あれほどに猛《たけ》りたっていたものが、今は見る影もなく萎《しぼ》んでいる。

磯崎がいきなり鉄平に向かって言った。

「梓実をイカせてやってくれ。私はもういいから。こんなに満足したのは、初めてだ……玲奈さん、私をそっちに連れていってくれないか。もう、二人の邪魔をしたくない」

玲奈がうなずいて、ふらつく磯崎を衝立の向こうへと導く。

「いいのかい?」

鉄平は梓実に確かめた。

「ええ、きっと先生は何かが吹っ切れたんだわ。心から満足なさったんだと思う」

「そうか……」

「お歳だからだわ、きっと。先生は最後のひと花を咲かせたかったんだと思う。そして、今、先生は妄執《もうしゅう》から解き放たれた。エネルギーって突然、切れるのよ。エネルギーがなければ、嫉妬も性欲も起こらないでしょ」

もっとも磯崎のことを知っている梓実がそう言うのだから、真実なのだろう。

「わたしは鉄平と二人きりでしたい。これまでは、必ず他の人がいたでしょ」

「わかった、梓実。俺もそうしたい」

向かい合う形での騎乗位でまたがっていた梓実が、上体を倒して、唇を合わせてくる。

鉄平もそれに応えて、唇を重ね、舌をからませる。

（ああ、これだ。やっぱり、セックスは二人きりでするものだ）

鉄平は濃厚なキスをしながら、梓実を下から突きあげた。

背中と腰に手をまわして、抱き寄せながら、腰を跳ねあげる。すると、切っ先が膣を斜め上方に向かって擦りあげていって、

「ん、んん、んんんんっ……」

梓実はキスをして、喘ぎをこらえていたが、鉄平がつづけざまに突きあげると、唇を離して、

「あん、あん、あんっ……」

愛らしく喘ぐ。

今はもう、二人を見ている者はいない。鉄平は、梓実をもっともっと何度でもイカせたい。

ぐいぐいえぐりたてていると、梓実の様子がさしせまってきた。

「ぁあぁ、鉄平、もうイッちゃう……イッちゃうよ」

かわいく訴えて、しがみついてくる。

「いいんだよ、イッて」

鉄平が連続して突きあげたとき、

「来る、来る、来る……はうっ！」

梓実はぐんとのけぞりながら、痙攣《けいれん》した。

昇りつめたのだろう。だが、鉄平はまだ放っていない。

痙攣がおさまるのを待って、梓実を仰向けにさせて、膝をすくいあげた。

ふたたび挿入すると、

「ぁあああ、すごい！」

梓実が生き返ったように、息を吹き返した。

鉄平は膝を離して、覆いかぶさっていく。梓実を抱きしめながら、宣言した。

「きみとつきあいたい。実家を出て梓実と同棲したい。そうすれば、梓実の生活費は少なくて済む。だから、もう磯崎先生とは別れてくれ」

「……きっと、先生もそのつもりだと思う」

「でも、先生が実際にどうなさるかは、わからない。そのつもりでいても、納得できないかもしれない。そうしたら、またわたしを……」

「いや、それは俺が許さない」

「ほんとうに、それができるの。わたしを先生から護ってくれる？」

「もちろん」

梓実がぎゅっと抱きついて、言った。

「わたしを完全に鉄平の女にして。つかまえていて、逃がしてはダメよ」

「わかった。大丈夫だ。俺はきみを護る」

「わたしを鉄平にあげる。だから、鉄平の色に染めて。自由に、鉄平の好きなようにして……」

梓実の言葉が、鉄平をかきたてる。

「わかった。だから、先生とはもうこのクルーズで最後にしてくれ」

梓実がうなずいて、キスをせがんでくる。

鉄平はふたたび唇を重ねながら、乳房をつかんで揉みしだく。

硬くしこっている乳首を指で転がし、捏ねる。そうしながら腰をつかう。

「そうか……」

「あっ、あっ、あっ……」

梓実が気持ち良さそうな声をあげる。

正直なところ、『鉄平の色に染めて』などと言われても、自分がどんな色なのかもわからない。

それに、磯崎よりも明らかに経済力はないし、カリスマ性などというものはまったくない。

だが、そんなことはもう言い訳にはならない。

鉄平は乳首にしゃぶりつき、舐めた。それから、胸のふくらみを揉みしだきながら、ストロークを浴びせる。

それから、鉄平は上体を立てて、梓実の膝をすくいあげた。

膝裏をつかんで開きながら、押しつける。そうして、猛りたつものを打ち込んでいく。

梓実をイカせたい。しかし、鉄平のほうが我慢できなくなった。

膝裏をつかんで、ぐいぐいと差し込んでいく。

「あんっ、あんっ、あんん……ぁあああ、鉄平、またイキそうなの……イカせて。鉄平、わたしをイカせて……」

梓実が下から見あげてくる。ボブヘアの一直線に切り揃えられた前髪が乱れて、愛らしさが増している。

鉄平は歯を食いしばって、屹立を打ち込んでいく。

衝立の向こうから、誰の声なのか、女性の「あん、あん、あん」と喘ぐ声が聞こえる。

「あああ、ぁあああうぅぅ……」

と、もうひとりの女性の波打つような喘ぎ声も混ざっている。

「ぁああ、イクわ。イキます……イカせて。イカせて」

梓実が眉を八の字に折って、訴えてくる。

鉄平ももう限界を迎えていた。熱い泉が噴き出そうとしている。

「そうら、イクぞ。出すぞ」

「ぁあああ、ください……ぁあああ、イク、イク、イッちゃう……いやぁああああああぁぁぁぁ！」

梓実が甲高い声で凄絶《せいぜつ》に喘ぎ、顎を突きあげた。

駄目押しとばかりに叩きつけたとき、鉄平も男液をしぶかせていた。

それはこれまでのセックスのなかでも最高のエクスタシーで、鉄平は熱い精液を放ちながら、夢のような快感に押しあげられていた。

クルーズの最終日は、寄港地もなく、あとは午後七時の横浜への入港を待つばかりだった。

昼前に、メンバーは水着姿にパーカーをはおって、プールのデッキに勢揃いし、デッキチェアで寛いでいた。

全員揃っていたが、出発時と変わっているのは、鉄平の隣には常に梓実がいることだ。そして、磯崎の隣には玲奈が付き添っている。

昨夜、パーティーが終わったのは、夜中の三時だった。それから、三々五々、それぞれの部屋に戻った。

今朝、鉄平は磯崎の部屋を訪れて、梓実と正式につきあいたい旨《むね》を告げた。

磯崎の前に正座して、別れてくれるように頼むと、

『わかっている。私にはもうやり残したことはない。きみが来てくれてよかった。むしろ、感謝している。梓実をきみに任せられる。私ももう七十二歳。限界だったんだよ』

そう言って、磯崎は薄く笑った。

鉄平は磯崎の言っていることに、ウソはないと感じた。

今、隣のデッキチェアでは、白いワンピースの水着をつけた梓実がクリーム色のパーカーをはおって、目を閉じていた。

鉄平も目を閉じた。

磯崎の『梓実をきみに任せられる』という言葉が脳裏によみがえる。

ちょうどそのとき、かかっていたＢＧＭが、映画『レオン』のエンディングで流れるスティングの『シェイプ・オブ・マイ・ハート』に変わった。梓実もそれに気づいたのか、鉄平を見て、にこっと笑った。

※この作品は双葉文庫のために書き下ろされたもので、完全なフィクションです。

双葉文庫

き-17-68

淫《みだ》らなクルーズ

2023年7月15日　第1刷発行

【著者】
霧原一輝《きりはらかずき》
©Kazuki Kirihara 2023

【発行者】
箕浦克史

【発行所】
株式会社双葉社
〒162-8540 東京都新宿区東五軒町3番28号
［電話］03-5261-4818（営業部）　03-5261-4833（編集部）
www.futabasha.co.jp（双葉社の書籍・コミックが買えます）

【印刷所】
中央精版印刷株式会社

【製本所】
中央精版印刷株式会社

【フォーマット・デザイン】
日下潤一

ISBN978-4-575-52678-3 C0193
Printed in Japan

霧原一輝　いい女ご奉仕旅
書き下ろし長編
献身エロス
旅先で毎回美女と懇ろになる恐るべき中年、倫太郎。南のマドンナ女教師から北国の旅館若女将まで、相談に乗って体にも乗っちゃいます！

霧原一輝　美女刺客と 窓ぎわ課長
書き下ろし長編
春のチン事エロス
田村課長52歳はリストラに応じる条件として「俺をイカせること」と人事部の美女たちに言い放つ。セックス刺客をS級遅漏で迎え撃つ！

霧原一輝　居酒屋の女神
書き下ろし長編
SEXレースエロス
おじさん5人は、すっかりゴブサタな現状を憂い、皆で「セックス積み立て」を始めた。いち早くセックスできた者の総取りなのだ！

霧原一輝　女体、洗います
オリジナル長編
浴場エロス
スーパー銭湯で今も活躍する伝説の洗い師に弟子入りした23歳の洋平は洗っていたヤクザの妻とヤッてしまい、親方と温泉場逃亡の旅へ。

霧原一輝　マドンナさがし 温泉旅
書き下ろし長編
ポカポカエロス
松山、出雲、草津、伊香保、婚活旅をする男ヤモメの倫太郎、54歳。聞き上手だから各地で「身の下」相談に。GO TO湯けむり美女！

霧原一輝　密命係長と 島のオンナたち
書き下ろし長編
ヤリヤリ出張エロス
会長の恩人女性をさがせ！ 閑職にいる係長に出世の懸かった密命が下る。手がかりはなんとイク時だけ太股に浮かぶという蝶の模様だけ！

霧原一輝　PTA会長は 官能作家
書き下ろし長編
夜の活動報告エロス
山村優一郎は突然、小学校のPTA会長に推挙された。なってみると奥様方の派閥争いに巻き込まれ、肉弾攻撃にチンコが乾くヒマもない！

霧原一輝

部長夫人と京都で

書き下ろし長編
イケない古都しましょエロス

頼りない男で童貞の23歳、小谷翔平は部長の家で奥さんと懇ろになり、ついには秋の京都へ不倫旅行。その後、まさかまさかの展開が！

霧原一輝

蜜命係長と女スパイ

書き下ろし長編
企業秘蜜にカラダを張れエロス

リゾート開発プランがハニートラップによって盗まれた！ かくなる上はハニトラを逆トラップにかけるまで！ 刺客はどの美女だ？

霧原一輝

オジサマが好き♡

オリジナル長編
中年のモテ期エロス

「がっつかないところや舐め方が丁寧なのが好き！」体力的に止むに止まれぬスローセックスが逆に美点に！ あ～、オジサンでよかった！

霧原一輝

鎌倉の書道家は未亡人

書き下ろし長編
長編やわ筆エロス

空港でのスーツケース取り違えがきっかけで美しすぎる未亡人書道家と出会った祐一郎は北陸の秘境宿でついに一筆入魂、カキ初めする！

霧原一輝

艶距離恋愛がいい！

遠くても会いにイク
長編エロス

姫路の未亡人から始まって大阪の元ヤントラッカー、名古屋の女将、福岡ではＣＡと、立て続けにベッドイン。距離に負けない肉体関係！

霧原一輝

追憶の美女 日本海篇

ヤリ残し解消
長編エロス

事故で重傷を負った康光は、走馬燈のように浮かんだ過去の女性たちを訪ねる旅に出る。意気地がないゆえ抱けなかった美女たちを。

霧原一輝

オジサマはイカせ屋

実践的
性コンサルタント
長編エロス

独り身のアラフィフ、吉増泰三は会社勤めの傍ら「実践的性コンサルタント」として日々悩める女性の性開発をする。若妻もＯＬも絶頂へ！